KB113450

우리의 몸은
기억하고 있다

(情炎)

정염의 기억

우리의 몸은
기억하고 있다

정염의 기억
(情炎)

정염(情炎)의 기억~우리의 몸은 기억하고 있다~

초판 1쇄 찍은 날 | 2014년 9월 1일
초판 1쇄 펴낸 날 | 2014년 9월 10일

지은이 | 하나오 미유
그린이 | 타치카와 소라노
옮긴이 | 김채환
펴낸이 | 예경원

편집책임 | 박우진
편집 | 오아현

펴낸곳 | 예원북스
등록번호 | 제396-2012-000132호
등록일자 | 2012. 7. 25
YRN | 제3-0008호

주소 | 경기도 고양시 일산동구 무궁화로 8-28 삼성메르헨하우스 712호 (우) 410-837
전화 | 031-819-9431 팩스 | 031-817-9432
http://blog.naver.com/ainandfin
E-mail | ainandfin@naver.com

© Hanao Miyu / Tachikawa Sorano
iproduction / NTT Solmare
All rights reserved.

ISBN 979-11-5630-759-4 02830

AIN PREMIUM SERIES

하나오 미유 글ㅡ타치카와 소라노 그림ㅡ김채환 옮김

우리의 몸은
기억하고 있다

(情炎)
정염의 기억

*이 이야기는 픽션으로, 이야기에 등장하는 인물·단체·사건은
현실과는 무관합니다.

CONTENTS

1화
잊힌 여자

— 토무 —

눈을 뜨니 달콤함이 혀에 남아 있다.

아니, 그것밖에 느껴지지 않는다.

모르는 여자가 내 얼굴을 들여다보며 뭐라고 말을 한다.

"토무(吐夢), 괜찮아?"

토무? 그게 누구야?

채 묻기도 전에,

"야근하다가 신제품 초콜릿을 너무 먹어서 코피 터뜨리고 쓰러졌잖아."

모르는 여자가 영문 모를 소리를 지껄인다.

"쓰러지면서 머리를 부딪치는 바람에 가벼운 뇌진탕을 일으켰다고 의사선생님이 그랬어. 깨어나면 돌아가도 된다고는 하셨어."

내 얼굴을 빤히 쳐다보고 있던 여자가 손을 뻗어 내 입가를 닦는다.

"입에 묻었어."

입술을 혀로 핥자 달콤한 맛이 난다. 모르는 여자가 자연스러운 동작으로 내 손을 잡아당긴다. 난 멍한 얼굴로 그저 그녀가 이끄는 대로 침상에서 일어난다.

"수납하고 왔으니까 택시 타고 집에 가자. 내일은 회사 쉬라고 연락 왔어."

머릿속이 안개로 가득하다.

고개를 돌려 주위를 살펴본다.

핑크색 옷을 입은 여자들이 분주히 오가고 있다. 몸에 착 달라붙은 핑크색 옷이 여자들의 육체를 또렷이 드러내 주고 있다. 저건 무엇을 하기 위한 옷일까.

내 손을 잡고 앞서 걸어가는 모르는 여자의 뒷모습을 찬찬히 훑어본다.

좁은 어깨와 잘록한 허리. 등 뒤로 부드럽게 물결치는 머리카락.

아담하면서도 나올 덴 나오고 들어갈 덴 들어간, 내 눈을 유난히 잡아끄는 몸이다.

특히 몸에 꼭 맞는 감색 스커트 밑에서 연신 좌우로 움직이는 동그란 물체에서 도무지 눈을 뗄 수가 없다. 저 동그란 물체. 복숭아를 떠올리게 하는 저것…….

그래, 저것, 저것은……!

엉덩이, 라고 했던가.

그렇게 생각하자마자 내 손가락이 감색 스커트 위에서 엉덩이 골을 아래로 쓸어내린다.

"꺄악!"

단말마의 비명과 함께 모르는 여자가 얼굴을 붉히며 뒤를 돌아본다.

"뭐 하는 거야, 이런 데서!"

뭘 하는 거냐고? 한번 확인해 본 거다.

그게 정말 엉덩이인지 아닌지, 나는 중지로 엉덩이 사이를 재차 확인해 본다. 살짝 눅진한 느낌과 탱탱하게 손가락을 감싸는 탄력. 이것은 필시…….

"이것은 엉덩이야!!"

나는 손가락으로 그것을 가리키며 단언한다.

"부끄럽게 그런 걸 소리치지 마!"

지나가는 사람들이 우리를 보며 키득거린다.

모르는 여자는 더욱 얼굴을 붉히며 나를 빤히 쳐다본다. 나는 그녀의 눈동자를 피하려고 시선을 아래로 떨어뜨린다.

그녀가 입은 하얀 블라우스 사이로 또 다른 계곡이 눈에 띈다.

이, 이, 이것은……!

나도 모르게 일 보 전진.

"왜, 왜 또 그래?"

하얀 블라우스 아래에서 볼록이 튀어나온 두 개의 물체. 모르는 여자는 나를 올려다보며 그것을 더욱 앞으로 내민다.

블라우스 한가운데 틈이 벌어져 그 사이로 하얀 레이스가 보일 듯 말 듯 감질나게 보인다.

저게 뭔지 난 안다. 저 물체가 뭔지 나는 잘 알고 있다. 그 것을 사냥감을 낚아채는 매처럼 움켜쥐어야 할 것 같다고 생 각한 순간,

"이건……!"

내 손바닥이 그 말캉한 물체에 착 달라붙는다.

"어머……!"

손가락에 힘을 주자 물체 안으로 차지게 파묻히는 이 감 각. 아아~ 이것은 틀림없이!

젖가슴이라고 하는 그것이다!

그렇다면…….

생각을 곱씹자 희미한 통증이 머릿속에서 날을 세운다. 그 런데도 생각을 멈출 수가 없다.

이것이 젖가슴이면…… 아마도, 틀림없이……

그것이 달려 있을 터!

"토, 토무. 이 손 놔. 왜 이래?! 이상해!"

엄지를 움직이자 무언가 작은 것이 걸린다.

"······하윽."

모르는 여자가 젖가슴을 파르르 떨며 입술을 깨문다.

엄지로 그 부분을 살짝 누르자 손가락을 밀어내는 탄력이 느껴진다.

의심의 여지가 없다. 이것은 틀림없이······.

"섰어. 젖꼭지가 섰어!"

엄지에 더해 검지 손톱으로 발딱 일어난 젖꼭지를 자극한다.

"아이참······ 토무, 여기서 이러면 안······."

—돼!

모르는 여자가 내 오른쪽 뺨을 철썩 때린다. 눈앞에서 작은 별이 미합중국 국기에 그려진 별의 개수만큼 반짝인다.

뭐야, 된다면서 왜 때리는 거냐!

"자기 왜 이래? 머리 부딪치더니 진짜 이상해진 거야?!"

그녀는 나를 질질 끌고 병원 밖으로 나가더니 앙칼지게 버럭 소리를 지른다.

"택시!"

택시가 와서 멈추자 난폭한 손길로 짐덩이처럼 나를 차 안에 밀어 넣는다.

"역 앞에 있는 빌라까지 부탁해요."

그녀가 운전사를 향해 퉁명스럽게 목적지를 알리자 차가

곧 출발한다. 나는 옆에 앉은 모르는 여자를 물끄러미 응시한다. 감색 스커트 아래로 빠끔히 고개를 내민 무릎이 참 예쁘다.

별일이다. 가만히 그 다리를 보고 있자니 저 허벅지 사이로 손을 집어넣고 싶은 이유가 뭘까.

"정말…… 대체 왜 이렇게 발정이 나서는……."

모르는 여자의 태도가 아까보다 나긋나긋하다.

"룸미러로 보여. 여기서는 안 되니까…… 집에 가서……."

여자에게서 야릇한 냄새가 난다.

그녀의 뺨에 코를 대본다. 달달하다. 이 냄새도 기억이 난다.

"스트로베리 과즙 50% 스페셜 한정 딸기초콜릿 트뤼플."

"맞아. 병원으로 달려가기 전에 집에서 하나 먹었었어. 근데 그걸 어떻게 알았어?"

그러게. 그걸 어떻게 알지?

그래도 이 여자에 대해서는 잘 모르겠다. 그런데도 손가락은 제멋대로 움직이고.

의식하기도 전에 내 손가락이 그녀의 스커트 속으로 기어들어가고 있다.

"앗……."

곧이어 손가락에 물기가 느껴진다. 얇은 천 한 장이 성가셔서 옆으로 밀어버린다.

"하아아, 안 돼……."

한숨 섞인 작은 소리.

손가락을 움직이자 촉촉해진 숲에서 소리가 난다. 통통해진 살집을 검지와 약지로 벌리고 중지로 그 사이를 건드리자 질척한 소리가 들린다.

"으음……!"

여자가 아랫입술을 꽉 깨문다. 나를 보는 그녀의 까만 눈동자가 봄비를 맞은 듯 젖어든다.

"지금까지 집 밖에서 이런 적은 한 번도 없었잖아……. 정말 왜 이래? 토무 같지 않아……."

언뜻 들으면 힐난하는 것 같지만…… 내가 잘못 생각하고 있는 걸까?

아무래도 여자가 조금은 좋아하는 것 같다.

그래서 중지로 빙글빙글 원을 그린다.

"아아, 아……."

점성을 가진 액체가 흘러 내 손가락을 적신다. 나는 손가락으로 움찔거리는 동굴 안을 헤집는다.

"아, 안 돼. 더 들어가면 안 되는데……."

모르는 여자가 내 귓가에 대고 속삭였다. 하지만 나는 멈추지 않는다.

질척질척. 소리를 내며 나는 중지 두 번째 마디까지 동굴 안으로 밀어 넣는다.

"흡…… 아아…… 안 돼……."

퍼뜩 깨닫는다. 그러고 보니 이러고 있을 때가 아닌데. 이 여자가 너무 좋은 향기를 내뿜어서 잊을 뻔했다.

"그런데……."

질척질척. 손가락을 넣었다가 빼기를 반복하며 중요한 질문을 던진다.

"넌 누구야? 그리고……."

손가락 하나를 더 집어넣는다.

"내 추측이 맞다면— 여긴 지구가 맞지?"

하는 김에 욕심을 부려 약지까지 삽입하려던 찰나.

모르는 여자가 내 손을 잡으며 더 이상 못 하게 밀어낸다.

"하……? 무슨 소리야?"

그녀가 눈을 크게 뜬 것을 보며, 난 움직이지 못하는 손을 내려다본다.

"난 토무가 아니야."

"어딜 봐도 토무 맞는데?"

"아닌 건 아닌 거지. 난 토무가 아니야."

처음부터 밝힐 걸 그랬다.

아무튼 난 토무라고 불린 기억 따윈 없고, 기억이 나지 않는 건 너에 대해서도 마찬가지다.

미리 말하지만, 지구에서 서식하는 너희들과 나는 다른 존재라는 사실을 알려둔다.

"토무! ……혹시 이게 이번 신제품 기획 콘셉트야?

아니.

내가 왜 여기에 있는지는 나도 모른다.

내가 아는 건 단 하나.

내가 외계 지적생명체라는 거다.

— 토모요 —

가장 비참한 여자가 누구일까?

남자에게 실컷 휘둘리다가 처참하게 버림받은 여자? 절친
에게 애인을 빼앗긴 여자? 그렇게 흔해빠진 케이스는 패스하
겠다.

세상에서 가장 비참한 여자는 바로 잊힌 여자다.

"잊어먹어? 그게 가당키나 한가? 삼 년이나 동거한 여자를
어떻게 잊어? 회사도 같고 집도 같고. 무려 이십사 시간을 붙
어 다니던 여자를 어떻게 잊느냐고!"

탕비실에 서서 동료의 얘기를 들으며 나는 초콜릿 하나를
입에 넣었다.

"토무의 입에서 타카미네 토모요(高峰知世)라는 이름이 단
한 번도 나오지 않았다고."

환기구 밑에서 담배를 피우고 있던 요키코(夜希子)가 웃음을 참는 꼴을 보니 심사가 뒤틀렸다. 나는 초콜릿 하나를 더 입에 넣었다.

"마리야(毬谷) 말야, 원래 마리야 토무였던 명찰도 다시 만들어 달았단다. 외계 지적생명체라고."

"어머나, 진짜?"

진짜야, 라며 요키코는 담배 하나를 더 꺼내 물었다.

"회사에서 그걸 받아들여 줄까?"

"안 받아줄 이유가 없잖아. 기획개발부의 아이디어 창고로 유명한 직원이 이름 좀 바꿔 달면 세상이 뒤집히니? 그러고 보니 너는 홀랑 까먹었어도 초콜릿은 몸으로 기억하나 보던데?"

가장 열 받는 게 그 부분이다.

입안에서 요리조리 돌아다니는 초콜릿은 딸기 과즙 50%짜리 초콜릿이다.

"이 초콜릿 말이야, 우리가 사귀게 된 기념으로 기획해서 히트시킨 거야."

"알아."

"이 맛은 그렇게 잘 기억하면서."

"토모요는 그 초콜릿보다 못하다 이건가."

의사는 두부 강타에 의한 일시적인 쇼크라고 했었다. 그럼 대체 언제 원래대로 돌아오는 걸까.

"꼭 한국 드라마 같지 않니?"

"요키코! 너 아주 재미있어 죽겠다는 얼굴이다?"

"그럼 이게 안 재밌어? 그런데 왜 하필 외계 지적생명체지?"

간단하다.

"다음 신제품이 은하계 초콜릿이라는 얘기를 얼핏 들은 적이 있어. 요즘에 머릿속이 온통 초콜릿이랑 우주로 가득 찬 거 같더라고."

덕분에 집 안에는 우주, 은하계 관련 사진집과 DVD가 산처럼 쌓여 있다.

"초콜릿을 너무 먹어서 빈혈이 날 만큼 코피를 흘리는 걸 보면…… 마리야도 참 심하게 성실한가 보다."

성실하고 부지런하고 다정하고, 그런 자랑스러운 남자친구였다, 그는.

"그러게. 배려심도 남다르고 항상 방글방글 웃는 사람이었지. 하지만 지금은 전혀 웃지도 않아. 딴 사람이 된 것처럼."

"혹시 지금의 마리야가 본모습이 아닐까?"

……으음? 그건 또 무슨 소리?

"생각해 봐. 솔직히 전에는 사람이 너무 완벽했잖아. 억지로 버텼던 건지도 몰라."

그 말은 설마…… 그럼 나와의 관계도…….

머릿속에 안개가 드리워졌다. 요키코가 손가락으로 내 미간 사이에 난 주름을 꼭꼭 눌러 펴주었다.

"설마 그렇지는 않을 거야. 지금까지 너희들이 얼마나 러브브 만발이었는데."

이제 와서 하는 말이지만, 꼭 그렇지도 않다.

"어라, 아니었어?"

요키코의 물음에 고개를 저었다.

사이는 좋다. 좋아도 너무 좋다.

"그런데…… 최근 들어……."

누구에게도 말하지 못했던 비밀을 요키코에게 털어놓았다.

"섹스리스?!"

에잇, 목소리 좀 죽여!!

"원래 나랑 토무는 그리 밝히는 편은 아니었어. 그래도 여자는 싫지 않은데도 가끔 새침하게 굴 때가 있잖아?"

"난 안 그래. 남자 위에 올라타서 헤드뱅잉하는 스타일이라."

너 잘났다그래.

내가 만약 교양 있는 여자가 아니었다면 주저 없이 욕이라도 해주었을 것이다. 하지만 난 교양 있는 여자다.

"토모요는 부끄럼쟁이라 상대가 남자답게 자신을 자빠뜨려 주기를 원하는 타입이지?"

정답.

"그런데 마리야는 너무 착해서 네가 그런 반응을 보이면 '넵. 그럼 다음 기회를 기다리겠습니다' 하고 냉큼 철수해 버리는 타입이고."

진심 정답.

"그러다가 상대에게 거절당할까 무서워 손만 잡고 자는 청순한 사이가 됐다는 말씀?"

눈물 나도록 정답.

"그쯤 되면 동거가 아니라 룸메이트지. 불타는 밤을 보낼 것도 아닌데 동거는 왜 해?"

"그래도 키스는 매일매일 한다 뭐! 밥 먹고 같이 만든 초콜릿을 하나씩 나눠먹고 달콤한 키스를……."

"어머, 좋겠다. 중학생 커플이나 정년퇴직한 노부부 같아서 완전 부러워. 정신 차려, 토모요. 스물다섯 살은 말이지, 육욕과 정염에 몸을 내맡겨야 할 나이야. 그러다가 이따금 인생에서고 연애에서고 대박 사고를 치는 나이라고. 벌써부터 그렇게 마른 가지처럼 말라비틀어진 인생을 살 참이야?!"

"말을 끝까지 들어! 지금은 그 반대가 됐단 말이야!"

"반대로?"

"그게…… 조금 복잡해……."

그렇다. 복잡하다.

그를 병원에서 데려온 그날부터 내 머릿속은 폭풍이 휩쓸고 간 것처럼 복잡하게 얽혀 버렸다.

그렇게 제멋대로 구는 토무는 처음이었다.

택시에서 내려 아파트 앞에 선 나는 토무에게 물었다.

"이것 봐. 문패, 읽을 수 있지?"

자신이 외계 지적생명체라고 커밍아웃한 뒤였다. 그는 문패를 빤히 쳐다보더니 방금 전까지 나를 애무하던 손가락을 혀로 핥았다.

그 혀의 움직임에 잠시 정신이 나가 있던 나는 흠칫 놀라 어깨를 움츠렸다.

"자각이 없어서 그랬다는 건 납득이 안 가."

그렇게 말하며 가방에서 열쇠를 꺼내 문을 따고 집 안으로 들어갔다.

불을 켜는 동작에도 전혀 망설임이 없었다. 여기서 살았다는 사실을 몸은 똑똑히 기억하고 있는 모양이었다.

그래도 여느 때의 토무와는 확연히 달랐다. 그는 옷도 갈아입지 않고 소파에 벌렁 드러누웠다. 토무는 귀가하면 제일 먼저 방에 들어가 옷부터 갈아입었다.

"솔직히 잘 모르겠어. 눈을 뜨기 전에는 내가 어디서 뭘 하고 있었는지 기억이 안 났거든. 심지어 이름도 전혀."

"그러면서 자신이 외계 지적생명체라는 데에는 확신이 있어?"

"있어."

"무슨 근거로?!"

외계 지적생명체인 토무가 자신만만하게 대답했다.

"뾰족한 근거는 없지만 내가 그렇게 생각한다는 게 중요하지."

그리고는 다시 손가락을 핥았다. 그 모습을 보니 등줄기가 찌릿해졌다.

지금 눈앞에 있는 이는 토무인데도 토무가 아니다. 그래도 역시 토무가 맞다. 그런데 왜 내가 이렇게 혼란스러워하는가 하면…….

오싹.

상반신과 하반신이 분열될 것 같은 이 가열한 감각.

지금까지는 토무에게서 단 한 번도 느껴보지 못한 감각이었다.

"너……."

소파에 와불처럼 누워 있던 토무가 나를 불렀다. 그가 '너'라고 부른 적은 처음이라 짐짓 불퉁한 음성으로 정정해 주었다.

"너가 아니라, 토모요."

토무는 내 말을 무시했다.

"너랑 난 여기서 함께 살았나?"

"문패에 그렇게 쓰여 있었잖아."

"난 그런 거 안 믿거든."

"사실이니까 믿어."

외계 생명체가 느닷없이 팔을 잡아당기는 바람에 나도 모르게 신경질적으로 응수했다.

그가 내 손목을 꽉 쥐었다.

오싹.

그가 힘을 주고 와락 잡아당기자,

오싹.

나는 균형을 잃고 그의 몸에 손을 짚었다. 모양 좋은 그의 입술이 코앞에 보였다.

초콜릿 향이 물씬 풍겼다.

"너랑 난 교미하는 사이였나?"

뭐? 교미? 방금 교미라고 했나?

황당한 표현이긴 했지만 묘하게 흥분되는 단어였다. 섹스라는 말보다 훨씬, 훨씬 더…… 가슴 뛰는 말.

"혹시 어울릴 수 없는 종족이면 곤란한데……."

"뭐, 뭐가 곤란한데……?"

나는 무의식적으로 외계 생명체인 토무로부터 떨어지려고 몸을 떼어냈다.

그러나 그는 나를 놔주지 않았다.

조금 전까지 택시 안에서 그가 지분거렸던 속옷 안이 다시 화끈해졌다.

양손으로 내 허리를 잡아 누르며, 그가 자신의 허리를 바싹 붙여왔다.

"아……."

치골에 딱딱한 물체가 닿았다.

"발기했어. 삽입할 만한 곳은 아까 손가락으로 확인했고. 밖에다가 사정하면 되는 거지?"

"자, 잠깐! 가, 갑자기 왜……!"

의욕에 불타는 거야?!

그가 내 허리를 잡고 흔들자 딱딱한 것이 규칙적으로 치골에 닿았다.

"아, 아, 아, 하지 마……."

그만. 흔들지 마. 허리가 흔들릴 때마다, 오싹오싹 소름 돋아서 미치겠다고!

"부탁해, 이제 그만……."

그렇게 말하면, 예전의 토무는 빙그레 웃으며 내게 키스하고 팔베개를 해주곤 했다.

그러나 외계 생명체 토무는,

"그 말을 들으니 더 하고 싶어졌어."

더욱 딱딱해진 것을 부비며 나를 더더욱 오싹하게 만들었다.

"얼굴을 보니 더 하고 싶어졌어."

그가 소파에서 몸을 일으키더니 내 발목을 잡고 양쪽으로

벌렸다.

"싫어……!"

아직 씻지도 않았는데, 불도 환하게 켜놓고……!

스커트가 배까지 말려 올라와 속옷이 훤히 드러났다.

"봐."

그가 레이스 팬티를 벗겨내자 질척하게 흘러내린 샘물에 속옷이 흠뻑 젖어 있었다.

오싹했던 만큼이나 젖은 모양이었다.

"싫을 리가 없을 텐데."

그 말에 다시 등줄기가 오싹해졌다.

2화
더 음란하게 만져줘

— 토무 —

기묘한 생물체다.

눈가에 눈물방울이 달리도록 고개를 저으면서도, 도톰해진 습곡 사이에서는 애액이 폭포수처럼 흘러내려 속옷을 적시고 있다. 심지어 내 손가락까지.

"설마……."

싫다는 말의 의미가 지구에서는 다르게 쓰이는 건가?

"싫다는 게 더 해달라는 뜻이야?"

검지로 속옷을 감아 천천히 발목까지 끌어내린다.

"창피한 말 좀 그만해……."

창피해? 교미하는 게?

"지구에서는 그게 창피한 일인가?!"

"다, 당연하지! 불이나 꺼!"

"싫다면서 불을 끄래. 이 적극적인 발언은 또 뭐지?"

나는 속옷을 아예 벗겨 버린다. 그녀는 말려 올라간 옷을 잡아당겨 훤히 드러난 검은 숲을 감추려 한다.

"안 보이면 곤란해."

나는 그 손을 움켜쥔다. 그녀의 손을 머리 위로 잡아당기자 흰 블라우스 안에서 젖가슴이 요동치는 게 느껴진다.

몸 안에서 열기가 피어오른다. 그녀를 원한다는 소리가 온몸에서 들린다. 모르는 여자, 이 기묘한 생물체에 닿은 후로 내 몸이 거침없이 열을 발산하고 있다.

나는 그녀의 뽀얀 허벅지를 벌리고 무릎으로 눌렀다.

"하앗······!"

까만 숲이 좌우로 당겨지자 핑크빛 계곡도 입을 벌린다. 말갛게 빛나는 물방울이 입구를 반들반들하게 적신다.

한쪽 손으로 여자의 손목을 한꺼번에 잡아 꼼짝 못하게 누르자 몸 안에서 욕망이 들끓어 오른다.

단추를 하나 풀자 레이스 안에 숨은 젖가슴이 보인다. 레이스를 말고 아래로 내리자 가슴살이 튕겨 오르듯 모습을 드러낸다. 그 끝에 빳빳해진 돌기가 자리 잡고 있다.

몸이 저절로 움직일 것 같다······ 는 생각이 든 순간, 내 입술이 돌기를 빨아 당겼다.

"하으윽!"

입술로 그것을 한껏 베어 물자 모르는 여자가 신음 소리를 낸다. 그 소리가 내 입술에 불을 붙인 것 같다.

"하아…… 안 돼…… 그렇게 깨물지 마……."

안 된다면서 이 간드러지는 신음 소리는 뭘까?

입안에서 부풀어 오른 탱글한 열매를 혀로 요리조리 돌려본다. 이 느낌, 기억이 난다. 혀끝으로 좌우로 움직이자 모르는 여자가 허리를 비튼다.

참으로 이상하다. 모르는 여자가 맞는데 왜 이 여자에 대해 잘 알고 있다는 느낌이 드는 걸까.

잘 익은 열매를 맛보던 혀를 이번엔 허벅지 안으로 옮겼다.

"안 돼! 아직 샤워도 안 했는데!"

여자를 무시하며 깊은 계곡 안에 코를 대고 숨을 크게 들이쉰다.

달짝지근한 향이 난다.

쏟아지는 액체를 혀로 감아올린다.

"제발…… 이러지 마……."

갈라진 틈을 혀로 쓸어 올린다. 미끈하게 젖어 있는 살이 입안으로 빨려 들어온다. 양 손가락으로 틈을 벌리자 동그랗게 솟은 작은 알갱이가 눈에 띈다. 검지로 그것을 톡 건드려본다.

"꺄아!"

더 촉촉하게 쏟아지는 여자의 체액과 내 입술 끝에서 흘러내린 타액을 섞어 혀로 알맹이를 핥는다.

"하아아!"

역시 달콤한 맛이 난다. 나는 이 맛을 분명히 알고 있다.

머릿속 깊은 곳에서 빨간 불이 반짝반짝 빛난다.

알갱이를 좀 더 맛보면 무언가 생각이 날지도 모른다.

혀로 코로 턱으로. 나는 얼굴 전체로 비에 젖은 계곡을 맛본다.

혀를 뻗어 계곡 안으로 밀어 넣었다.

"넣지 마, 하읏……."

그 안에서 혀를 뱅글뱅글 돌린다.

"앗! 안 돼."

혀가 여자를 맛보는 소리가 들린다.

잔뜩 성이 난 돌기를 코끝으로 문지르며 그 안에서 풍기는 냄새까지 맛본다.

양손은 어느새 젖가슴을 주무르고 있다. 손바닥 가운데에 빳빳해진 젖꼭지의 느낌이 전해지자 혀의 움직임이 저절로 빨라진다.

모르는 여자가 격렬한 신음을 토해낸다.

"이…… 이러면 안 되는데……! 토무 같지 않아…… 이렇게 대단하게…… 아니, 이상해지다니……!"

모르는 여자는 애절하게 몸을 비틀며 물기 어린 허벅지로 내 얼굴을 조인다.

내 추측이 맞았어.

'안 돼'라는 말은 '좀 더' 하라는 뜻이다.

왜 그렇게 복잡하게 표현하는 건지 모르겠다. 하여간 지구 것들이란.

땀에 젖은 여자의 손가락이 내 어깨에 박힌다.

아아, 지배하고 싶다.

원초적인 욕망이 내 몸을 지배한다.

블라우스가 성가셔서 거의 찢다시피 벗겨냈다. 등 뒤로 손을 두르자 손바닥으로 매끈한 감촉이 전해진다. 감색 스커트는 벗겨내는 것도 귀찮으니 그대로 둔다. 사실 그것이 나를 더욱 흥분하게 만든다.

그녀를 안아 들고 내 무릎 위에 앉힌다.

"학……! 거긴……."

발기한 내 분신의 끝으로 계곡 주변을 간지럽힌다. 두 사람의 몸에서 흐른 체액이 뒤섞이며 처덕처덕, 하는 야릇한 소리를 낸다. 그럴 때마다 여자의 허리가 파들파들 떨린다.

"거기가 뭐?"

여자의 말을 듣고 싶다.

"거기는 안 된다고? 거기는 싫다고?"

그녀는 내 어깨에 손을 올리고 그저 입술만 달싹거린다.

"안 된다는 말도 그렇고 싫다는 말도 그렇고. 너무 헷갈려. 그러니까 거기를 어떻게 해달라는 건지 분명히 말해."

허리를 움직여 분신의 끝부분을 계곡 안으로 조금 들이민다. 습곡이 살짝 벌어지며 내 분신의 둥그런 부분을 받아들인다.

"아아앗……!"

모르는 여자가 허리를 뒤로 꺾으며 젖가슴을 흔든다. 나는 반사적으로 그 끝에 매달린 열매를 입에 문다.

분신을 빼버리자 여자가 아쉬움이 느껴지는 한숨을 쏟아낸다.

"넣어달라는 거야, 하지 말라는 거야. 어느 쪽이야?"

몸을 보면 원하는 게 확실한데 입으로는 다른 소릴 하고 있으니 영 헷갈린다. 그 어떤 생물도 서로 동의하에 교미를 해야 맞는 것이니 확인할 필요가 있다.

"……그런 말을…… 어떻게……."

그렇게 말한 순간 계곡 안에서 흘러나온 액체가 내 허벅지를 적신다.

"토무인데 토무가 아니잖아. 그런데 내 몸이 이상해. 이렇게 젖은 건 처음이야. 어쩌면 좋지……?"

여자 지구인의 몸은 꽤나 복잡한 모양이다. 내가 한 질문은 간단하다.

넣어? 넣지 마? 선택지는 그 두 개뿐이다.

그런데 '어쩌면 좋지'라고 되물으면 어쩌라는 건지.

아무리 대단한 나라고 해도 답을 아는 건 아닌지라 모르는 여자의 몸에서 답을 찾는 수밖에 없다는 바람직한 생각이 든다.

"스스로 결정하지 못하겠으면 내가 정해주지."

나는 검지와 중지로 여자의 말랑말랑한 몸을 벌렸다.

"하악······!"

두 사람의 소중한 부분이 맞닿는 소리가 들린다.

이토록 원하는데도 어쩌면 좋으냐는 소리가 나오나?

"네 몸은 미칠 듯이 나를 원하는 거 같은데?"

여자의 턱을 잡아 내 얼굴을 보게 했다.

"따라해 봐. 내 몸은."

내 몸은, 하고 여자가 순순히 내 말을 따라 한다.

"넣어주기를 바라고 있어."

넣어주기를 바라고 있어.

"미칠 듯이."

······미칠 듯이······.

여자의 입술이 움직인다.

미칠 것 같은 건 나다.

빨리 지배하고 싶다.

빨리 맛보고 싶다.

빨리 이 모르는 여자의 안으로 들어가고 싶다.

아, 아, 아, 아, 아.

목소리가 갈라진다. 동굴이 움찔움찔 수축할 때마다 내 분신을 쥐어 짜내는 것만 같은 쾌감. 여자의 몸에 안겨 있는 이 쾌감을 나는 알고 있다. 그런 생각이 든다.

나는 이 모르는 여자를 알고 있다.

― 토모요 ―

토무의 사이즈는 표준이다. 그리고 섹스 테크닉도 표준.

그런데 이럴 줄은 몰랐다.

철모르는 시절 섹스에 대해 환상을 품고 있다가 실제로 경험한 후 그렇게 대단할 게 없다는 걸 깨달은 내게 남자와의 잠자리는 크게 의미가 없었다.

그런데 지금은 큰 의미를 갖게 된 것 같다.

"앗! 하아악······!"

교성을 내지르는 건 늘 똑같다. 살짝 과장되게 소리를 내주면 내 기분도 고양되니까 딱히 거짓시늉은 아니다. 게다가 그건 토무에 대한 약간의 서비스이기도 했다.

그런데 지금은 그런 생각 자체를 할 여유가 없을 만큼······ 몸이 저절로 반응했다.

토무의 음모와 내 음모가 엉키도록 우리는 격렬하게 허리를 움직였다. 두 사람의 비밀스러운 부위가 마찰을 일으킬 때마다 지금껏 몰랐던 쾌감이 머릿속을 뒤흔들었다.

토무의 손이 내 가슴을 세게 쥐었다.

좀 더……라는 말은 차마 할 수 없었다. 행여나 밝히는 여자 취급 할까 두려웠고,

좀 더 세게? 그가 이미 최선을 다하고 있는데, 하고 생각하는 것도 원치 않았다.

그런데,

"더 세게?"

그런 질문을 받은 건 처음이었다.

토무의 눈동자가 나를 빤히 바라보고 있었다.

"더 어떻게 해주길 바라?"

예전에 토무는 늘 눈을 감고 있었는데 지금은 내 얼굴에서 시선을 떼지 않고 있었다.

"하…… 보지 마……."

가슴이 흔들리며 더러 토무의 딱딱한 젖꼭지가 닿았다.

황홀했다. 철벅철벅 야릇한 소리를 내며 토무의 분신이 내 몸을 범했다.

"봐야 어떻게 반응하는지 알지."

그가 내 턱을 무는 바람에 눈을 번쩍 떴다.

"대답해 봐. 기분 좋아?"

얌전한 토무가 그런 걸 물었다는 게 믿기지 않았다. 나는

허리와 가슴을 흔들며 대답 대신 고개를 세차게 흔들었다.

"똑바로 말해. 기분 좋아?"

토무의 얼굴을 한 다른 인간이 나를 안고 있는 것 같았다.

"하, 하아…… 기분 좋아……."

"그럼 이건?"

그가 허리를 한 바퀴 돌렸다.

"하읍……!"

불길을 뿜어내는 기둥이 치골 안을 휘젓는 기분이었다.

"피스톤 운동이랑, 안에서 이렇게 움직이는 거랑 어떤 게
더 좋아?"

둘 다!

"안 들려."

"둘 다 좋아……."

어쩌지. 정말 어쩌지. 지금까지 토무에게 말하지 못했던
게 있는데…… 어떡하지.

사실 나는 지금까지 단 한 번도 절정을 느껴본 적이 없다.

그런데 지금은 숨이 넘어갈 것만 같았다.

토무 같지 않은 토무에게 정신이 나갈 것만 같았다. 그래
서 토무에게 죄를 짓는 것만 같은 이상한 기분이 들었다.

"더 느끼고 싶지 않아?"

토무가 뒤로 벌렁 눕더니 내 허리를 잡았다.

"아…… 이건……."

여성 상위는 한 번도 해본 적이 없었다.

토무의 분신을 감싸고 있던 동굴이 미세하게 경련을 일으켰다.

"내가 위인 건…… 무리야……."

"왜 무리야?"

"어떻게 해야 하는지… 아앗!"

그가 허리를 위로 튕겨내자 비명이 튀어나왔다.

뭐지……. 몸 안이…… 내 몸 안이…….

오르가즘이라는 게 이런 건가? 이런 느낌은 처음이야. 오르가즘이라는 게 뭘 뜻하는지 몰랐는데!

"느껴봐."

토무가 아래에서 나를 올려다보았다.

"……어?"

"더 원한다면 스스로 느껴보라고."

토무가 검지를 두 사람이 밀착되어 있는 부분 사이에 찔러넣었다.

"흡!"

손가락이 꽃잎에 닿아 허리가 바르르 떨렸다. 그가 다른 손으로 젖꼭지를 쥐었다.

"……안 돼……."

그가 한 손으로는 은밀한 부분을 만지고 또 한 손으로는 가슴 위에 솟은 붉은 열매를 만지작거렸다. 강렬한 충격이 내 몸을 미세하게 조각내는 것 같았다.

"욕심을 내봐. 그래야 교미하는 맛이 있지. 몸이 가는 대로 맡겨보라고."

허리가 뒤틀렸다. 아, 하고 토무가 미간에 주름을 잡았다.

하복부에 힘을 주자 동굴이 입구를 조이는 느낌이 들었다.

그 상태로 허리를 흔들어 토무의 분신을 빨아들였다.

아. 아.

토무의 입에서 또다시 달뜬 소리가 흘러나왔다. 가슴속으로 처음 느껴보는 감각이 솟아났다.

내가 토무에게 기쁨을 주고 있어!

그것은 환희였다.

그런 생각이 들자 온몸에 오소소 소름이 돋았다. 토무의 간절한 얼굴과 목소리를 듣자 촉촉한 동굴이 힘껏 몸을 움츠리며 토무에게 아찔한 쾌감을 선사했다.

쾌감은 내게도 전이되었다.

"하, 아, 아아아아, 대단해, 너무 좋아……!"

토무가 허리를 들썩이자 리듬에 맞춰 내 허리도 위아래로 움직였다.

갈 것 같아……. 이런 느낌은 처음이야……!

피부 표면은 물론 몸속까지 홀딱 젖는 기분이었다.

"하아, 이렇게 맛있는 몸이라니……."

토무가 잘록하게 곡선을 그리는 내 허리를 쓸어내렸다. 그

런 손짓마저 내게는 더없는 쾌감이 되었다.

토무가 목을 빼고 내 가슴을 깨물었다.

"하! 안 돼애애애!"

"안 되지 않아. 몸이 말하고 있는걸. 더 원한다고. 젖꼭지를 깨물고 더 음란하게 만져 달라고."

땀에 젖은 몸과 머릿속이 서서히 녹아내리기 시작했다.

그토록 담백했던 나와 토무가 그토록 빈틈없이 하나가 되어 강렬한 쾌감을 얻고 있었다.

사귄 지 삼 년. 토무가 아닌 토무와 섹스를 나누며 처음 경험한 신세계였다.

"진짜 '여자'가 됐구나. 축하한다!"

세 번째 담배에 불을 붙이며 요키코가 깔깔대고 웃었다.

"복잡하지?!"

"아니, 명쾌한데. 고상한 섹스에서 졸업한 거잖아."

"아니아니아니지!"

나는 요키코의 입에서 담배를 빼서 재떨이에 집어던졌다.

"키스는 한 번도 안 했단 말이야."

"엥?"

"키스 말이야, 키스."

"그게 뭐?"

"……거기에 사랑이 있었을까……?"

말 그대로 교미였다.

토무의 기억장애에 의한 외계 지적생명체 발언으로 나는 생각하지 않아도 될 일을 생각하게 되었다.

토무의 무의식 세계에서 나는 어떤 모습으로 자리 잡고 있을까?

"요키코. 교미는 누구하고든 가능하잖아?"

때마침 내가 거기에 있었기 때문일까. 아니면 나였기에 그런 일이 벌어진 걸까.

그에 대한 요키코의 답은 치명적이었다.

"때마침 거기 있어서였겠지. 토모요는 초콜릿보다 못한 존재 같으니까."

"요키코!"

인간은 초조함에 빠지면 쓸데없는 생각을 하게 되는 법이다.

"부탁이야."

좀 더 냉정하게 굴 것을.

나는 훗날 그때 나의 행동을 뼈저리게 후회했다. 하지만 나중에 후회해 봐야 다 헛일이다. 소 잃고 외양간 고치는 꼴, 떠난 버스 뒤에서 손 흔드는 꼴이다.

3화
애정 확인

— 토무 —

지구생활에도 꽤 익숙해진 어느 날.

머나먼 은하 어딘가에 있을 우리 별의 종족들 여러분, 잘 지내고들 있는지? 우리 별이 어디 있는지는 모르지만. 딱히 몰라도 생활하는 데에는 아무 불편함이 없다.

우선 지구에서 살려면 일을 해야 한다. 안 그러면 초콜릿을 살 수 없다.

초콜릿이라는 건 우주를 통틀어 신이 주신 가장 훌륭한 기호품이다. 내가 기억하는 건 그게 유일하다.

달콤하고 매혹적인 그 맛에 버금가는 것은 아무것도 없다.

"마리야, 가 아니라— 외계 지적생명체 씨. 다음 기획은 잘 되어가고 있나?"

초콜릿색 양복이 트레이드마크인 초로의 남성이 말을 걸어온다.

"사장님, 안심하십시오. 현재 임무수행 중입니다."

"기억장애라고 하던데, 걱정이야. 자네만 한 사원도 없는데. 아직 원래대로 돌아온 건 아니지?"

"사장님, 유감스럽게도 저도 뭐가 뭔지 통 모르겠습니다. 다만."

다만. 이 말을 특히 강조해야 한다.

"원래 모습을 찾고 못 찾고는 중요하지 않습니다. 중요한 건 얼마나 훌륭한 초콜릿을 만드는가, 입니다."

사장은 내 말을 듣고 초콜릿색 양복 안에서 무언가를 꺼내 내민다.

"훌륭하네. 외계 지적생명체. 앞으로도 잘 부탁해."

초로의 남성이 경쾌한 발걸음으로 복도 저편으로 사라졌다.

남자가 뭘 주고 갔나 했더니 하트 모양 초콜릿이다. 초대 사장이 히트시킨 상품. 이것으로 여성의 마음을 사로잡는다나 뭐라나.

그런 건 똑똑히 생각나는데 왜 다른 건 기억나지 않는 걸까.

아니지. 나는 잠시 생각을 곱씹어본다. 그러고 보니 또 기억나는 게 있다. 그 모르는 여자에 대해서는 여전히 기억이 나지 않는데, 그 몸은 기억이 난다.

희한하다.

그러고 보니 초콜릿보다 맛있는 건 없다고 좀 전에 말했었지…….

그래도 그 여자의 맛은 초콜릿에 필적하는 맛이다.

잠깐, 히트 상품에 대한 실마리를 잡은 것 같다!

생각은 바로 실행에 옮겨야 한다.

나는 퇴근하자마자 바로 집으로 달려갔다.

"다녀왔습니다!"

모르는 여자한테 할 말이 있어서 마음이 급하다.

"너의 까만 계곡을 보여줘!"

박진감 넘치게 외쳤다가 옴팡지게 뺨만 맞았다.

"오자마자 무슨 헛소리야?!"

"화내지 말고 내 말 들어봐. 끝내주는 아이디어가 생각났거든. 어서 그거부터 보여줘 봐."

"코피부터 닦아!"

"코피 터질 만큼 때린 게 누군데. 내가 원해서 코피를 흘리는 것도 아니고 마음에 안 들면 네가 닦아."

기절초풍하겠네…… 라고 말하는 다른 여자 목소리가 들린다. 고개를 돌려보니 회사에서 본 적 있는 여자가 서 있다.

"마리야답지 않게 왜 그래?"

"그 이름은 잊어줘. 내 이름 몰라?"

"외계 지적생명체."

"넌 누군데?"

"요키코라고 해."

모르는 여자가 티슈로 내 코를 닦아준다.

"아무튼 얼른 까만 계곡 좀 보여달라고. 샘플부터 만들어야겠어."

모르는 여자가 티슈를 돌돌 말아 나에게 주었다. 나는 그것으로 오른쪽 콧구멍을 틀어막는다.

"지금 당장 계곡 초콜릿을 만들 생각이야."

모르는 여자가 이번엔 킥을 날린다. 똘똘한 나는 이번엔 날렵하게 공격을 피했다.

"틀림없이 히트할 거야. 초대 사장님께서 하트 초콜릿으로 여자의 마음을 사로잡았잖아."

나는 모르는 여자의 스커트를 잡고 매달린다.

"그럼 남자의 마음을 사로잡으려면 뭐가 필요할까?"

그렇다. 여자의 그곳을 보면 남자는 껌뻑 죽을 것이다. 여자의 그곳. 속된 말로 은밀한 계곡. 내가 초콜릿의 달콤함 못지않다고 생각했던 그 까만 계곡. 그거라면 대박을 칠 것이 분명하다.

"그러니까 우선 맛부터 봐야겠어."

"……토무, 안됐지만 그렇게는 안 될 거야."

"아니, 틀림없어. 이 세상에 초콜릿과 어깨를 견줄 만한 기호품은 그 계곡뿐이야."

그때 요키코라는 여자가 내 어깨를 툭툭 친다.

"정말 마리야답지 않다. 그 초식남이 언제 이렇게 육식남이 되셨을까?"

그렇게 말하며 내 몸을 요리조리 더듬는다.

"그거 꼭 토모요여야만 해?"

"얘, 요키코. 뭘 어쩌려고?"

"마침 잘됐잖아. 날 여기 부른 게 이걸 시험해 보려던 아니었어? 어때? 마리야, 내가 보여줄게."

하긴.

기억에 남아 있는 게 저 모르는 여자의 까만 계곡이라 고집을 부린 거지 다른 여자, 설령 이 요키코라는 여자의 계곡이라 해도 상관은 없을 거 같다.

"그럼 부탁해."

"오케이. 침실로 가자."

요키코라는 여자가 내 손을 잡고 침실로 이끈다.

"잠깐, 요키코. 역시 이건 좀."

"이게 뭐? 토모요가 먼저 부탁한 거다?"

"그렇긴 한데……"

"마지막까지 가진 않을게."

두 여자가 무슨 말을 하는지는 잘 모르겠다.

"침대로 갈 필요까지 있을까? 괜찮으면 주방에서 초콜릿을 만들면서 보고 싶은데."

"무슨 소리! 찬찬히 살펴봐야지!"

그것도 그렇다.

"아……."

모르는 여자가 특이한 소리를 낸다. 비명도 아니고 한숨도 아니고. 그렇다고 우는 소리도 아니다. 절망과 후회가 마구 뒤섞인 소리라고나 할까.

"왜?"

어쩐지 신경이 쓰여 물어본다. 왜 신경이 쓰이는지는 나도 모른다. 그녀의 입술이 굳게 닫힌다. 그리고 억지로 웃는다. 하나도 안 예쁘게.

"아니야."

그 하나도 안 예쁜 얼굴이 내 가슴속에서 초콜릿처럼 딱딱하게 굳어 새겨진다.

저 표정은 뭐지?

침실 문을 닫고 나서도 모르는 여자의 얼굴이 눈앞에서 사라지지 않는다. 요키코라는 여자가 벌써 속옷을 벗고 침대에 앉아 나를 향해 다리를 활짝 벌린다. 모르는 여자의 얼굴이 더 생생히 보인다.

"마음대로 봐. 마음대로 만져도 돼."

그녀가 가느다란 제 손가락으로 계곡을 가린 꽃잎을 걷어낸다. 나는 침대에 턱을 괴고 그 안을 관찰한다. 한참을 쳐다보자 계곡에서 흘러나온 말간 물이 전등 불빛에 반사되어 빛

을 발한다.

"그냥 보는 것뿐인데도 묘하게 흥분되는걸……."

요키코라는 여자의 뺨이 서서히 붉어진다.

그런데 좀 이상하다. 모르는 여자의 계곡은 오동통하고 두툼했는데 이 요키코라는 여자의 계곡은 퍽 얇아 보인다.

나는 손가락을 뻗어 체액을 만진다.

"아앙……!"

간드러지는 소리. 모르는 여자가 냈던 소리와는 전혀 다르다. 혀를 내밀어 계곡을 따라 위아래로 움직여본다.

"하악, 좀 더 위로……."

그녀의 말대로 혀를 위로 움직인다. 그 위에 돋아 있는 돌기로 올라가 그것을 할짝할짝 건드리자 모르는 여자가 허리를 비틀며 헐떡이던 모습이 생각난다.

"아! 거기, 빨아줘. 더 세게."

흠뻑 젖은 계곡 사이에 코를 대고 냄새를 맡는다.

"하아…… 간지러워……."

교성을 내며 요키코가 허리를 비튼다. 난 혀를 움직이며, 눈동자를 굴린다.

정말 이상하다.

모르는 여자에게서 났던 초콜릿 같았던 그 달콤한 맛도, 냄새도 나지 않는다.

— 토모요 —

나는 귀를 틀어막았다. 이건 벌을 받는 거다. 내가 잘못 생각했다.

애인을 시험하면 안 된다고? 그럴 줄 알았다고? 그럴 줄 알았으면 말을 해줬어야지!!

그런 얘기를 해준 사람은 아무도 없었다.

귀를 덮었던 손을 살짝 떼자, 침실에서 요키코의 아, 아, 아, 하는 간드러지는 소리가 들렸다.

누구리도 상관없는 거다. 교미 상대야 누가 됐든, 할 수만 있으면 아무라도 상관없었던 거다. 계곡 초콜릿을 만드는 데 도움만 되면 상대가 누구든.

속이 뒤집혔다.

토무를 시험해 보라고 요키코에게 부탁한 나 자신에게 가장 화가 났다.

「마리야가 정상도 아닌 상황에서 그런 걸 시험해 본들 무슨 의미가 있을까?」

요키코에게 그런 말을 듣고도 고집을 부렸다. 하지만 난 믿음이 필요했다.

아무리 기억이 사라졌다지만 저 깊은 곳에서는 나를 기억하고 있을 거란 믿음.

내가 꿈이 너무 야무졌던 걸까?

나는 허둥지둥 다시 귀를 막았다. 눈을 질끈 감고 새까만 어둠 속에서 즐거웠던 지난날들을 하나하나 떠올렸다. 마냥 행복하기만 했었는데…….

잠깐…….

진짜 마냥 행복하기만 했었나……?

그때도 불만은 있었다.

아침만 해도 요키코가 대놓고 섹스리스라고 놀려대지 않았던가. 얼마 전에는 토무가 아닌 토무와 사랑을 나누며 절정을 느꼈지만, 예전엔 그렇지 않았다.

내가 욕심이 많은 걸까.

나는 벽에 등을 붙이고 무릎을 세워 그 사이에 얼굴을 묻었다. 나야말로 토무의 어떤 점을 좋아했는지 잊어버린 것 같았다.

삼 년이나 함께 있었는데도 좀처럼 떠오르질 않았다.

코끝이 시큰해지며 눈가에 눈물이 맺혔다. 그때,

"비교 분석을 해봐야겠어!"

네……?

갑자기 문을 열고 튀어나온 토무를 멍하니 올려다보았다. 그런 내 얼굴을 내려다보던 그가 휙 내 팔을 붙잡아 침대 위

에 앉혔다.

어느새 눈가에 차올랐던 눈물이 쏙 들어갔다. 요키코는 침대 위에 심드렁한 얼굴로 앉아 있었다.

"뭐, 뭘 하겠다고?"

"아무래도 다른 거 같대."

"······뭐가?"

"뭐가 다르겠니. 네 거기랑 내 거기가 비슷하게는 생겼는데 전혀 다르시단다."

"그래서 비교 분석을 하겠다고? 당최 무슨 말인지 모르겠는데."

"······말 그대로야."

말 그대로······? 설마······?

토무가 내 스커트를 확 끌어올리더니 속옷을 벗겼다.

"어머머, 왜 이래. 저리 가!"

옆에서는 요키코가 생글생글 웃으며 우리를 지켜보고 있었다.

"하, 하지 말라니까······!"

토무가 깊이 한숨을 내쉬자 까만 숲이 바르르 몸을 떨었다. 그는 혀로 계곡 입구를 살살 열더니—

추릅, 하고 계곡물을 핥았다.

"하앙······."

토무의 몸이 뜨끈해졌다.

그가 벌떡 일어났다. 그러더니 벼락이라도 맞은 것처럼 멍한 얼굴로 한참을 서 있기만 했다.

"……역시…… 달콤해……."

토무는 무릎을 툭 꿇고 요키코에게 사죄했다.

"미안해. 모처럼 제공해 준 건데. 계곡 초콜릿은 이 모르는 여자 걸 샘플로 써야겠어."

"그럴 거라 생각했어."

흐트러진 머리카락을 정리하고 있던 요키코는 현관으로 팔랑팔랑 걸어가 힐을 신었다. 나는 허겁지겁 옷을 정리하고 그녀를 따라 나갔다.

집을 나서기 직전, 그녀는 내 귀에 속삭였다.

"네 게 더 좋다잖아. 그거면 충분한 거 아냐?"

이걸 기뻐해야 하나? 게다가 계곡 초콜릿인지 뭔지, 변태한테나 먹힐 그 따위 기획이 통과될 리도 없다.

요키코를 보내고 난 뒤 침실 안을 살짝 들여다보았다.

그는 팔짱을 낀 채 정좌하고 앉아 부끄러운 부위를 닮은 초콜릿을 열심히 그리고 있었다. 제 딴에는 심혈을 기울여 상품 디자인을 몇 개 더 그리더니 이글거리는 눈으로 그것을 노려보았다.

그 얼굴이 어찌나 진지한지 실소가 튀어나왔다.

"왜 웃어?"

"아니야. 일, 잘돼가?"

"나도 모르지."

"몰라?"

"같은 계곡인데 왜 다른지 통 이해가 안 가."

"얼굴이랑 마찬가지 아닐까?"

"그게 무슨 뜻이지?"

"얼굴에 눈코입이 있는 건 같은데 다들 다르게 생겼잖아."

토무가 나를 가만히 쳐다보았다.

같이 산 지 어느덧 삼 년이나 되었는데도 그가 나를 저토록 오도카니 응시하는 건 처음이다.

어쩐지 민망해졌다.

"아, 그럼 일 열심히 해."

방문을 닫기 전, 다른 사람에게 내 은밀한 계곡을 선보여주고 시식도 하게 해서 새로운 데이터를 얻는 건 어때? 하고 농담 삼아 말해보았다.

"안 돼."

토무는 단호하게 답하고는 나를 끌어다 침대 위에 눕혔다.

"어…… 안 돼?"

"누구한테 보여주게?"

"그거야 뭐…… 음…… 일에 필요한 자료니까…… 비밀로 해달라고 하고 적당한 사람을 찾아보는 거지."

"절대 안 돼."

"……왜 안 되는데?"

내 질문에 토무는 모르겠다는 표정을 지었다.

"왜 안 되는 걸까……."

덜컹, 하고 심장이 자신의 존재를 알렸다.

"그건……."

두근두근. 기대감으로 몸이 분열되는 것 같았다.

"다른 사람이 맛보는 건 싫다는 얘기야……?"

토무조차 의식하지 못하는 토무의 의식 속에서 내가 차지하고 있는 자리는 어느 정도나 될까.

두쿵두쿵두쿵. 심장이 요동칠 때마다 젖어 있는 가랑이 사이가 찌릿했다.

"그런 건가……. 그런데 왜?"

토무의 손가락이 내 속옷 속으로 미끄러져 들어왔다. 레이스 속옷 속에서 손가락이 꼼지락거렸다.

"하아……."

손가락이 젖은 입구를 더듬었다.

토무는 안 된다, 고 절대 말하지 않았다.

질투 좀 유발해보겠다고 남자들과 밥을 먹겠다고 해도 그는 웃으며 '다녀와'라고 말할 뿐이었다. 하지만 나는 한 번쯤은 가지 말라고 해주기를 바랐다.

토무가 속옷 속에서 손가락을 뺐다. 물기 어린 손가락이 전등 불빛을 받아 반짝였다.

그는 그 손가락을 천천히 핥았다.

"아⋯⋯."

마치 내 몸을 핥는 것 같은 기분이 들어 가느다랗게 한숨이 새어 나왔다.

"왜, 대체 왜 이렇게 달콤한 걸까⋯⋯. 왜⋯⋯."

이렇게 욕망이 치솟느냐고 웅얼거리며 그는 나를 바라보았다.

지금이라면 말할 수 있을까?

지금이라면 말해도 될까?

사랑을 원한다고.

"키스해 줘."

나는 욕심쟁이다. 예선의 다정한 토무와 지금의 남자다운 모습이 적절히 섞이면 최강의 토무가 되지 않을까, 그런 발칙한 기대가 생겼다.

"키스? 그건 안 돼. 키스는 애정을 확인하는 행위니까."

토무는 손가락을 빨고는 초콜릿 디자인으로 다시 눈을 돌렸다.

그래, 안다.

애정표현.

그래서 원하는 거다.

저 가슴 깊은 곳 어딘가에 내가 있을지도 모른다는 기대를 담아.

하지만 그 기대는 멋지게 배반당했다.

4화
손끝의 딜레마

— 토무 —

시간이 지나도 회복되지 않는 건 스트레스가 원인일 수 있다고, 의사가 말한다.

스트레스.

"선생님, 외계 지적생명체가 지구에서 사니 스트레스가 쌓이는 건 당연하죠."

내 주장은 가볍게 무시된다.

"근면 성실한 사람일수록 일상에서 헤어나고 싶어 기발한 상상에 빠지게 됩니다."

마리야 씨, 약 받아가세요, 하고 핑크색 옷을 입은 여자가 나를 불렀다.

"그래서 이런 걸 받아왔어."

테이블 위에 약을 올려놓는다.

"아침, 점심, 저녁. 식후 세 번. 뭐야, 신경안정제……?"

"지구인 의사는 외계 생명체한테까지 처방을 내릴 만큼 유능해?"

내 말에 모르는 여자가 한숨을 내쉰다.

"일상에서 벗어나고 싶어 한다니, 그거 완전 내 얘기네……."

묵직한 구름이 모르는 여자의 얼굴에서 천천히 퍼져 나간다.

"얼굴에 짜증이 잔뜩 배었어. 그건 됐고, 지난번 회의 말인데."

계곡 초콜릿 기획은 결국 통과되지 못했다. 영문을 모르겠다. 그렇게 획기적인 초콜릿의 가치를 알아보지 못하다니 정말 슬픈 일이다.

"글래머 초콜릿의 재탕 같고, 그게 아니더라도 까만 계곡은 너무 그로테스크하다던가."

그게 회의의 결론이었다. 통탄할 일이다.

"계곡 초콜릿은 포기하고. 자, 물. 약 먹고 어서 자."

계곡 비교 분석 후, 모르는 여자는 자주 저렇게 묘한 표정을 짓는다.

슬픈 것도 같고, 그러면서도 잔잔한 미소.

그 표정을 보노라면 가슴에서 작은 술렁임이 일어나곤 한다.

한 번도 느껴보지 못한 감정이라서 어떻게 설명해야 할지 곤란해, 그런 감정이 들 때면 늘 그냥 눈을 돌린다.

"먹어야 하나? 먹지 않으면 안 되는 건가?"

"처방받은 거니까 먹어."

효과가 있을지 없을지는 모르지만, 이라고 덧붙이며 그녀는 또 한숨을 짓는다.

나는 새하얀 알약을 삼킨다. 꿀꺽, 하고 넘기긴 하지만 이 약이 내 몸에 무슨 좋은 효과를 보여줄지는 잘 모르겠다.

"나 반신욕 하고 잘 거니까 먼저 자. 불 꺼도 돼."

모르는 여자는 그렇게 말하고는 욕실로 사라진다. 난 저녁이면 늘 하듯 옷을 갈아입고 잠자리에 들었다.

삐빗.

전자시계가 시간을 알려준다.

새벽 네 시.

어라, 어느새 시간이 이렇게 지났나.

침대에 누운 지 두 시간이 지났는데도 모르는 여자가 이불로 들어오는 기척이 느껴지지 않았었다.

무슨 약을 먹은 건지 갈수록 정신이 또렷해져서 잠도 오질 않아 계속 뒤척이고 있었는데, 그래도 설핏 잠이 들긴 했었나 보다.

나는 실눈을 뜨고 방 안을 살핀다. 오른손을 더듬어보자 여자의 잠옷이 손가락 끝에 살짝 닿는다.

손을 쭉 뻗어야 할 만큼 멀찍이 떨어진 위치다.

킹사이즈 침대 저 끝에서 모르는 여자가 당장에라도 굴러떨어질 것처럼 아슬아슬하게 누워 있다. 그녀와 나 사이에 자리한 공간이 휑하게 느껴진다.

나는 팔을 뻗어 그녀의 허리를 잡고 가까이 끌어당긴다. 여자의 달콤한 향이 코를 간질인다.

"······뭐야?!"

모르는 여자는 깨어 있었다.

"자는 거 아니었어?"

창문에서 새어 들어오는 가로등 불빛이 그녀의 얼굴을 흐릿하게 비춘다.

"울어?"

"아냐."

눈물자국이 있다. 빨갛게 충혈된 눈이었다.

"왜 그렇게 멀리 떨어져서 자?"

"그러지 않았는데."

"이 넓은 침대를 두고 왜 그렇게 끄트머리에서 자고 있었냐고."

"난 침대 끝에서 자는 게 좋아."

"아, 그랬구나."

여자가 내게 등을 돌리고 돌아눕는다.

"잘 자."

어쩐지 기분이 나빠진다. 그래서 다시 그녀의 허리를 붙잡아 돌려 눕힌다.

"왜 그래?!"

"교미하고 싶어."

오, 그건 진심이 아니다. 하지만 거짓말도 아니다. 난 내 몸의 변화를 민감하게 느끼는 존재다.

잠옷 사이로 손을 찔러 넣자 그녀의 맨살이 손바닥에 느껴진다. 모르는 여자의 몸에 닿으면 순식간에 욕망이 솟아오르는 이유를 나도 잘 모르겠다.

나는 그녀의 몸 위로 올라가 납작한 배와 날씬한 옆구리에 입을 맞춘다.

모르는 여자가 손가락으로 내 입술을 가로막는다.

"교미는 안 해. 안 하고 싶어. 못해. 나 내일 짐 싸서 나갈 거야."

"무슨 소리야? 우린 지금 교미 얘기 중이잖아."

"난 좋아하는 사람하고만 교미하고 싶어."

"그럼 따로 좋아하는 사람이 있다는 거야?"

가슴 안쪽에서 무언가가 묵직하게 똬리를 튼다.

"응, 맞아."

그렇구나.

이해를 해보려 하지만 이해가 가지 않는 건 왜일까. 애초에 좋아한다는 건 뭐란 말인가.

"그럼 저번엔 왜 나랑 교미했지? 모순이잖아."

"그 후에 깨달았거든. 그때는 당신을 좋아하는 줄 알았는데 아니었어."

그렇구나.

"그럼 다른 사람한테 맛있는 계곡을 맛보게 해줄 거야?"

나는 내가 던진 질문을 바로 부정한다.

"그럼 안 돼."

"당신한테 안 된다고 말할 권리는 없어."

"있어."

"무슨 권리? 무슨 이유로?"

"나도 몰라."

"억지 부리지 마!"

여자가 내 옆에서 달아나려고 몸을 바르작거린다. 나는 그녀를 보내기 싫다.

"이거 놔……."

"안 돼."

"이젠 정말 싫어!"

'싫어'라는 건 '좀 더'를 뜻하는 말인 줄로만 알았는데.

하지만 그녀가 방금 말한 '싫어'는 그게 아닌 거 같다. 그녀는 온몸으로 혐오감을 드러내고 있다. 그러니까 진짜 '싫다' 는 뜻이다.

그 말이 내 가슴에 화살처럼 박힌다.

"5월 21일!"

여자가 뜬금없는 소리를 지른다. 그 말에 반응해 내 입이 멋대로 움직인다.

"녹차 타르트 초콜릿."

"7월 1일."

"골드감귤 초콜릿."

"10월 15일."

"밤맛봉봉 초콜릿 발매일. 그게 왜?"

"아니야! 내 생일, 같이 살기 시작한 첫날, 처음으로 섹스한 날이야!!"

여자는 결국 눈물을 터뜨리더니 침대에 누워 몸을 동그랗게 만다.

그리곤 자기가 애벌레라도 되는 줄 아는지 이불을 돌돌 말더니 쥐어짜듯 말한다.

"이제 그만할래…… 헤어져……."

헤어지자고……? 그게 무슨 뜻이지?

"이제 당신이랑…… 같이 못 살아……. 이제 다시는 안 만날 거야. 내일 이 집에서 나갈래."

아, 그렇구나. 그런 거야. 이제야 이해가 간다. 다시는 못 만나고 다시는 같은 침대에서 자지 않을 것이며 물론 교미도 할 수 없다. 애당초 나는 저 여자랑 내가 왜 같이 살고 있었는지도 모른다. 그래도 그녀가 나가겠다고 하니 그녀의 의견을 받아들여 줘야겠지.

안다. 잘 아는데.

이 살결을 두 번 다시 만질 수 없다.

그 사실을 받아들여야 하는데 그러지 못하겠다.

그 대신 난 이렇게 말한다.

"싫어."

여자와 똑같이 침대에 누워 몸을 돌돌 말고 있는 그녀의 몸을 뒤에서 끌어안는다.

"싫어."

다른 말은 나오지도 않는다.

"싫어."

이건 진짜 '싫어' 라는 뜻이다.

이불을 걷고 나는 모르는 여자의 입술을 찾는다.

말캉한 그것이 눈물로 촉촉하다.

— 토모요 —

"잘 잤어, 토모요?"

커튼을 걷은 창문에서 아침햇살과 산들바람이 살랑살랑 춤을 추었다.

눈이 부셔서 잠시 현기증이 찾아왔다.

어젯밤, 내 입술에 입을 맞췄던 토무는 그대로 깊은 잠에 빠져 버렸다. 그리고 저렇게 내 이름을 부르고 있다.

"지금…… 방금 뭐라고 했어……?"

"어? 잘 잤냐고."

"아니, 그 전에."

"토모요."

"응……."

"토모요……?"

"응!"

거듭 물어보면서, 나도 드디어 현실감이 돌아왔다.

"무슨 일 있어?"

토무가 창문 앞에 서서, 언제나와 같은 얼굴로 갸우뚱 나를 쳐다보고 있었다.

가슴속에 점차 기쁨이 퍼져 나갔다.

토무가, 내 이름을 부르던 토무가―

돌아왔다.

"그 신경안정제가 효과가 있었나 보네. 결국 과로였던 건가?"

요키코가 '외계 지적생명체'라고 새긴 명찰을 휴지통에 버리며 말했다.

"시시콜콜 설명하는 것도 골치 아프니까 그냥 넘어가, 토모요."

그럴 생각이다. 그럴 생각이긴 한데.

"뭐가 그렇게 마음에 걸리는데?"

"스트레스의 원인이 정말 회사 일 때문이었을까? 혹시 그다지 좋아하지도 않는 나랑 같이 사는 게 스트레스였던 건 아닐까……?"

"그랬으면 벌써 헤어지자고 했겠지. 남부럽지 않게 성실한 사람이잖아."

혹시 헤어지고 싶은데도 말을 못해 스트레스가 쌓였던 건 아닐까? 차마 그런 질문을 던질 용기가 나지 않았다.

그러면 의심이 기정사실이 될 것만 같았다.

"토모요? 그만 가자."

마침 토무가 탕비실에 얼굴을 내밀었다.

"마리야, 계곡 초콜릿에 대해 어떻게 생각해?"

요키코가 짓궂은 질문을 던졌다.

"계곡 초콜릿? 그게 뭐야?"

"여성의 거기를 모델로 삼아 초콜릿을 만들면 어떨까 하는 아이디어가 생각났어."

"참신하네."

"그치?"

"그런데 팔릴 거 같지는 않아."

"내 생각도 그래. 다행이야. 완쾌를 축하해."

요키코가 토무의 어깨를 툭 치며 말했다. 그녀는 또각또각 요란한 구두굽 소리와 함께 퇴장했다.

"뭐 먹고 갈까?"

다정하고 배려심 깊은 토무가 빙그레 웃으며 내 손을 잡았다.

이제 된 거다.

아침은 늘 그렇듯이 크루아상. 점심은 똑같이 싼 도시락으로, 조금은 쑥스러우니까 각자 먹는다. 저녁에는 이따금 외식을 하지만 기본적으로 번갈아 준비한다. 좋아하는 장르의 영화를 보고, 그리고 잠자리에 든다.

그것이 나와 토무의 일상이었다.

섹스는 거의 하지 않는다. 잠자리에서 각자 책을 읽든지, 아니면 오늘 있었던 일에 대해 이야기를 나누다 잠이 든다.

오랜만에 찾아온 일상의 분위기에, 난 묘한 기분을 느끼며 침대에 누워 있었다.

"토모요."

침대에 누워 우주 관련 서적을 읽고 있던 토무가 책을 덮으며 내 이름을 불렀다.

"응......?"

반쯤 잠이 들려 했던 나를 그가 흔들어 깨웠다.

"나 말이야. 한동안 회사 쉬고 집에서 쉬었다고 했지?"

"응. 토무가 죽은 줄 알았어, 난."

"그런데 왜 출근카드에 꼬박꼬박 체크가 되어 있지?"

외계 지적생명체가 찍었어. 아주 꼼꼼하게. 한 번도 잊지 않고.

"그리고 은하 밀키웨이 초콜릿 기획은 누가 대신 진행한 거야?"

"아니, 쓰러지기 전에 토무가 얘기한 대로 내가 처리한 게 다야."

"그래……? 어쩐지 좀 이상해서."

토무가 벌렁 드러눕더니 내게 코가 닿을 만큼 바싹 몸을 붙였다.

"뭐가 이상한데? 한동안 누워 있어서 그렇겠지. 우라시마 타로(일본의 전래동화. 용궁에서 살게 된 우라시마 타로가 고향으로 돌아와 봤더니 삼백 년이나 지나 있더라는 이야기:역자 주)라도 된 거 같아?"

"분명히 집에서 쉬고 있었다던 내가 회사를 다녔던 것 같은 그런 기분이야."

외계 지적생명체였던 토무로 변해서 다니긴 했지.

"토무. 의사선생님이 그랬잖아. 스트레스 탓이라고."

"알아. 그동안 과로했던 거지."

"그래서 하는 말인데……."

나는 토무의 소매 깃을 잡으며 말을 이었다.

"혹시 내가 스트레스가 된 건 아니야?"

"왜 그런 말을 하지?"

"좋아하지도 않는데 같이 사는 건 아닌가 해서."

토무가 벌떡 몸을 일으켰다. 그의 얼굴에 놀라움이 그려졌다.

"좋아하지 않는다니. 왜 그런 생각을 하게 된 거야?"

"토무는 회사 일을 아주 좋아하잖아. 초콜릿도 무척 사랑하니까 그 외에 스트레스 요인이 있다면……. 나는 그냥 각자 살아도 상관없거든……."

"잠깐, 뭔가 이상한데? 각자 살자는 건 또 뭔 소리야? 그거 혹시 내가 문제가 아니라 토모요가 그러고 싶은 거 아냐?"

날 잊었었잖아, 라는 말을 꿀꺽 삼켰다. 그런 말을 할 수는 없다. 내가 원인이었든 어쨌든, 스트레스로 자신을 잃었던 사람을 그것으로 책하는 건 너무한 일이다. 어쩐지 비굴한 기분도 들었지만.

"아니, 그런 거 아니야."

내가 가만히 고개를 저었다.

토무의 따스한 손이 내 어깨를 감싸 안았다.

"내가 뭐 잘못했어?"

"……어?"

"계속 잠만 잤다고 다들 그러지만, 실은 내가 뭔가 큰일을 저지른 게 아닐까 하는 생각이 들곤 해."

큰일. 맞다, 큰일.

토무가 아닌 토무와 나는 교미를 했으니까.

"그래서 토모요가 나를 싫어하게 된 건 아닐까 하는 생각도 했어."

나는 토무의 뺨을 쓰다듬었다.

따뜻하다.

가볍게, 한없이 가볍게 토무가 내게 키스했다.

아, 내가 알던 토무다. 몸이 그를 기억하고 있다. 다정하게 팔베개를 해주는 토무. 단단한 몸으로 나를 받쳐주는 토무.

"좋아해."

눈을 감은 토무에게 속삭였다. 그러자 토무가 눈을 반짝 뜨더니 피식 웃었다.

"다행이다. 나도 토모요가 좋아."

그리고는 다시 눈을 감았다.

토무.

이대로 잠드는 거야? 나는 토무의 등에 팔을 둘렀다. 그가 팔을 움직이자 가슴이 두근거렸다. 저 팔은 어디로 향할까. 가슴이 콩닥콩닥했다.

그러나 그의 손은 내 머리카락을 더없이 곱게 쓰다듬을 뿐이었다.

나는 뭘 기대한 걸까.

토무의 품속에서 나는 외계 지적생명체 토무가 떠나기 직전에 남긴 키스를 떠올렸다.

그것은 애정을 표현하는 행위. 그 외계 지적생명체가 결코 하지 않았던 행위.

허리가 안타깝게 뒤틀렸다.

외계 지적생명체 토무가 맛보았던 은밀한 계곡이 화끈거렸다.

속옷 안으로 기어 들어가려는 손가락을 나는 밤새도록 찍어 눌러야 했다.

인간은 초조함에 빠지면 쓸데없는 생각을 하게 되는 법이다.

아무도 모르게…… 신경안정제를 영양제 따위로 바꾸면 어떻게 될까, 하는 생각을 하며 나는 창밖의 밤하늘을 응시했다.

5화
어깨 너머의 욕망

— 토무 —

〈기묘한 이야기〉라는 드라마가 유행한 게 벌써 이십 년도 더 된 일인가.

기획회의 중에 그런 소리를 중얼거리자 올해 신입사원이 그게 뭐냐고 물었다.

인터넷으로 찾아봐, 라고 대꾸했다. 굳이 가르쳐 줄 기분이 아니었다.

뭔가 이상한데 뭐가 이상한지 도통 모르겠다. 계속해서 맘속에 뭔가가 걸려 있어서, 시원하게 풀리지도 않고 기분을 이상하게 만들고 있었다.

복도에서 마주친 사장님이 내게 악수를 청했다.

"이야~ 마리야 씨. 은하 밀키웨이 초콜릿 프레젠테이션 좋았어."

그리고 이어서 요상한 얘기를 했다.

"자네가 외계 지적생명체라면서 단골 매장에서 초콜릿 프레젠테이션을 한 거 말이야. 대단히 센세이셔널했다고!"

수다 모드로 들어가려는 사장님을 비서 마츠모토(松本) 씨가 잡아끌었다. 끌려가듯 가면서도 사장님은 엄지를 치켜올리면서 끝까지 찬사를 늘어놓았다.

뭐야, 뭐라는 거야······.

들으면서도 뭔 소린지 알 수가 없다.

사실 이상하긴 토모요도 마찬가지였다. 집에 가면 뭔가 야릇한 눈초리로 나를 쳐다보곤 했다. 촉촉이 젖은 눈동자로.

그러지 않았으면 좋겠는데.

입술을 반쯤 벌린 채, 때때로 한숨을 내쉬며 눈을 내리깔았다.

제발 그러지 않았으면 좋겠다.

달려들어 키스하고 싶어지니까.

저녁식사고 나발이고 당장 침대 위로 내던져 버리고 싶어지니까.

하지만 나는 그러지 못했다.

토모요와 사귄 지도 어언 삼 년인데 내가 왜 이러는지 모르겠다.

토모요의 그런 전과 다른 태도가 신경 쓰여 나는 내내 좌불안석이었다.

어차피 동거 중이고 우리는 사귀는 사이니까, '한 번 할까?' 하고 물어보면 될 것을.

한순간이라도 토모요가 난처한 표정을 짓기라도 한다면 조마조마한 내 기분은 순식간에 쪼그라들 것이다.

아니, 싫어, 늘상 돌아오던 그 대답의 진의를 모르겠다.

아무리 사귀는 사이라도 잠자리를 강요하는 건 옳지 않다고 생각하는 나와, 좋아하든 싫어하든 토모요를 좋아하니까 그냥 확 자빠뜨리고 싶어하는 내가 있다.

서로 다른 내가 머릿속에서 다툼을 벌였다. 그리고 늘 착한 내가 승리했다.

바람직한 일이다. 여자한테는 남자가 모르는 사정이라는 게 있다고들 하니까.

몸의 컨디션이라든가, 제모 상태라든가, 생리 전후의 심리적 요인이라든가.

말하기 곤란한 사정이 있는데 억지로 밀어붙이는 건 옳지 않다.

응, 그래. 그러니까 나는 야릇한 토모요의 표정을 눈치껏 간파해 내야 한다.

아, 하지만. 꽤 오래도록.

토모요를 만지지 못했다.

그런데 자꾸 저런 눈, 저렇게 관능적인 입술을 내게 보인다. 내가 잠들어 있던 사이 무슨 일이 있었나? 자꾸 그렇게 묻고 싶게 만든다.

사귄 지 삼 년이다. 슬슬 '사랑'에 익숙해질 무렵. 하지만 난 그녀가 저렇게 간절한 표정을 짓는 걸 본 적이 없다.

"토모요."

그녀에게서 접시를 받아 들며 나는 토모요의 이름을 불렀다.

퇴근 후 집에서 저녁을 해먹은 우리는 싱크대 앞에 나란히 서서 설거지를 하는 참이었다. 세제로 그릇을 닦아 내게 넘겨주면서도 그녀는 사이사이 나를 흘끗거렸다.

모르려야 모를 수가 없어, 결국 그녀를 불렀다.

"……어, 왜?"

"그릇 다 닦았으면 줘. 헹구게."

나는 거품이 가득한 토모요의 손에서 접시를 건네받았다.

"아, 응."

토모요가 또 나를 멍하니 쳐다보았다.

……아니, 아닌가?

"무슨 고민이라도 있어?"

"아, 응. 다음 기획에 대해 생각하느라……."

"그렇구나."

초콜릿에 대해 고민하면서 그렇게 섹시한 표정을 짓나?

"무슨 아이디어라도 떠올랐어?"

"응⋯⋯."

살짝 목을 기울이며 그녀의 입술이 부드럽게 호선을 그렸다. 저거 봐, 백번 말하지만 난 토모요가 저렇게 섹시하게 웃는 걸 본 적이 없다.

"저기, 토무."

"어?"

"계곡 초콜릿에 대해 어떻게 생각해?"

계⋯⋯ 뭐?

"요키코가 아까 물었을 때 참신하다고 그랬잖아."

"토모요. 상식적으로 생각했을 때 사람들이 그런 걸 먹고 싶어 하겠어?"

평소의 토모요라면 저런 말은 절대 안 할 텐데. 역시 이상하다.

"참 이상한 거 같아. 다들 똑같이 생겼는데 모양이나 맛은 다르잖아. 얼굴이나 성격이랑 마찬가지로."

대관절 토모요한테 무슨 일이 일어난 걸까?

"그러다가 생각난 건데, 100% 주문제 초콜릿 같은 건 어떨까? 애인한테 선물로 주는 거지. 어때?"

"누가 누구한테?"

"여자가 남자한테 주는 거야."

"주문제라면⋯⋯."

"그러니까, 예를 들면 내 거기, 까만 계곡 모양으로 초콜릿

을 만들어서 토무한테 선물하는 거지."

토모요…….

"그건…… 어떻게 모양을 뜨지? 사진을 찍어야 하나?"

내 말을 듣고 토모요는 웃음을 터뜨렸다.

"에이, 아무도 주문 안 하겠다. 아하하, 내가 무슨 소리를 하는 거야."

어색하게 미소를 흘리고 토모요는 프라이팬을 조물조물 닦기 시작했다.

"제법 괜찮은 아이디어라고 생각했는데 말야."

"재미는 있지만, 역시 먹기는 어려울 거 같아."

내 대답에 토모요가 고개를 갸웃거렸다.

"그렇지 않아."

"응?"

토모요의 손에서 프라이팬을 건네받으며 그녀를 보았다.

"먹는 건 초콜릿이 아니야."

거품이 묻은 그녀의 손가락이 내 손가락에 닿았다.

"이름하야, 섹스리스 해소 초콜릿. 재미있을 거 같지 않아?"

토모요의 미끌미끌한 손가락 사이로 내 손가락이 미끄러져 들어갔다.

방금 한 그 말.

토모요, 그건…….

손가락과 손가락 사이에서 질척한 소리가 나며 비눗방울

이 터졌다.

"저기, 토모요."

오늘 하지 않을래?

그 말이 입 밖으로 나오려고 했다.

그러나.

"프라이팬 빨리 헹궈."

토모요의 발랄한 음성에 간신히 쥐어 짜낸 용기가 깔끔히 꺾여 버렸다.

"아, 응. 남은 건 내가 할 테니까 가서 쉬어."

토모요는 손을 닦았다.

"그럼 부탁해. 난 가서 씻어야겠다."

지금 저 팔을 잡아 침대로 이끌면 토모요가 화를 내려나? 아직 샤워도 안 했다며 화를 낼 게 분명하다.

솔직히 난 이제 비누냄새 따윈 지긋지긋하다.

내가 맡고 싶은 건 토모요 냄새다.

그래도 여자는 씻는 게 중요한 모양이니까. 그걸 잘 아는 나는 이번에도 욕심을 밀어냈다.

복잡해지려는 머릿속을 털어내며 설거지에 집중하려 했다.

뒤에서 부시럭거리며 젖은 손을 닦고 있던 토모요가 나를 불렀다.

"토무."

돌아보자, 토모요가 손을 내밀고 있었다.

"약 먹어야지."

"이따가 먹을게."

"안 돼. 그럼 잊어먹어. 지금 어서 먹어."

나는 그녀가 내미는 컵에 물을 따랐다.

"알았어."

그리고 알약 몇 개를 입 안에 던져 넣었다.

"물도 마셔."

꿀꺽. 내가 약을 다 먹을 때까지 토모요는 내 옆을 떠나지 않았다.

그 눈동자,

그 뺨이,

그 입술이,

그 눈동자가,

지나친 생각일까……?

나를 유혹하는 것처럼 보였다.

— 토모요 —

이건 바람이 아니다.

토무가 먹는 신경안정제와 거의 비슷한 모양의 약을 찾아

구입하면서 나는 스스로에게 둘러댔다.

바람피우는 게 아니다.

같은 '토무'니까.

진짜 토무가 영양제를 먹을 때도, 나는 속으로 수없이 반복해 외쳤다.

이건 바람이 아니다.

꿀꺽. 토무의 목덜미가 요동쳤다.

"다 먹었어?"

"응."

"같이…… 목욕할까……?"

약을 먹자마자 효과가 있을 리 만무한데 나도 모르게 의욕이 앞서 그렇게 묻고 말았다.

"……어?"

화들짝 놀라는 토무.

"목욕은 절대 혼자 하겠다더니?"

나야말로 놀라서 양손을 휘저어 사태를 수습했다.

"농담이야, 농담."

민망한 마음에 후다닥 화장실로 뛰어가 문을 잠갔다. 옷을 벗고 거울에 비친 내 몸을 쳐다보았다. 왠지 나 자신이 한심하게 느껴졌다.

나는 물 온도를 뜨겁게 맞추고 샤워기 아래에 섰다.

외계 지적생명체 토무를 떠올리며 몸을 닦았다.

문득 토무를 보며 처음으로 호감을 느꼈을 때가 떠올랐다.

토무가 웃으면 반짝반짝 빛이 나서 태양처럼 눈이 부셨다. 그 얼굴을 보면 가슴속에 따사로운 바람이 불곤 했다.

태양을 향해 욕망을 드러내려면 상당한 용기가 필요한 법이다. 이렇게 오래 사귀는 동안 토무의 미소에서는 단 한 번도 빛이 사라지지 않았다.

그렇게 이상적인 남자가 또 있을까. 나는 쏟아지는 물줄기를 맞으며 그렇게 속삭였다.

섹스리스 커플일지언정 하루하루 즐거운 나날이지 않았나.

그렇게도 속삭였다.

섹스가 전부는 아니다.

그리고,

그렇게 속삭이는 나는,

거짓말쟁이다.

허리 아래 자리 잡은 검은 밀림을 가르고 그 사이에 중지를 밀어 넣었다.

"하……."

샤워를 해도 젖어버린 욕망까지 씻어낼 수는 없나 보다.

중지를 살짝 움직여 보았다.

"흐으으……."

입술을 깨물고 소리를 참아냈다.

진짜 토무가 돌아왔는데도 난 외계 지적생명체 토무를 그리워하고 있다.

중지 끝으로 도톰하게 부풀어 오른 그곳을 건드렸다.

달라…….

그는 이렇게 만지지 않았어. 나를 애타게 만들던 그의 손가락. 그러나 결코 난폭하지는 않았던 손가락.

내 몸 사이에 넣어 흠뻑 젖은 손가락을 맛있게 핥던 그의 입술이 떠올랐다.

달콤해, 라고 말했던 그의 목소리가 떠올랐다.

나는 젖꼭지를 살짝 비틀었다.

"아윽……!"

외계 지적생명체 토무가 남기고 간 마지막 입술의 온도를 떠올리며 눈을 감고 입술을 벌렸다.

그때,

"토모요."

내 이름을 부르는 토무의 목소리에 하마터면 심장이 목구멍 밖으로 튀어나올 뻔했다.

샤워실 너머로 토무의 그림자가 모자이크처럼 보였다.

"토모요, 내 말 들려?"

나는 샤워기를 끄지 않았다. 그렇다고 손을 멈추지도 않았다. 추릅추릅. 밀림 안의 속살이 내는 소리가 물소리에 씻겨 아련해졌다.

"왜?"

조금 큰 소리로 대답했다.

아, 어쩌지. 손을 멈출 수가 없어. 내가 이렇게 음탕한 여자였나.

"계속 신경 쓰이는 게 있는데."

"뭔데……?"

"물어봐도 될까?"

"꼭 지금 물어봐야 해?"

"얼굴 보고 묻기가 좀 그래서."

욕망에 젖은 내 손가락이 이윽고 동작을 멈추었다.

"……묻기가 좀 그렇다고?"

열기가 올라 욱신거리는 밀림 속에서 손을 떼어낸 나는 토무의 얘기를 듣기 위해 샤워기를 잠갔다.

후두둑. 물이 타올 위에 떨어졌다.

"응. 그러니까 이 상태로 물어볼게."

다감한 토무의 목소리. 그의 그림자가 문 맞은편에 앉아 있다.

"……뭔데 그래?"

"저기, 토모요."

나는 문 가까이 다가갔다.

"내가 잠든 사이…… 무슨 일 있었어?"

나는 열기를 쏟아내며 욱신거리는 그곳을 지그시 눌렀다.

"아, 아무 일 없었어……."

외계 지적생명체 토무와 섹스를 했을 뿐.

"아무 일 없었어……."

처음으로 얼이 나가 버렸을 만큼 뜨거웠던 섹스. 샤워도 하기 전에. 내가 토무의 몸 위에서.

그리고 난생 처음 오르가즘이 뭔지 알게 된 섹스를 했을 뿐.

그저 그뿐이야.

"혹시나 해서 묻는 건데."

마치 짐승이 된 것처럼.

"그동안."

교미하듯.

"좋아하는 사람이라도 생긴 건 아닐까 해서……."

"내가 좋아하는 건 토무야."

거짓말은 아니다. 그건 사실이니까. 내가 좋아하는 사람은 토무다. 그러나 진짜 토무가,

「욕망을 느끼는 건 어느 쪽이지?」

하고 묻는다면…….

나는 뭐라고 답해야 할까…….

"토모요."

복잡해지려는 내 머리를 흔들 듯 그가 아련하게 물어온다. 그 목소리가 평소보다 다소 흔들리고 있는 듯한 건 내 착각일까.

"응?"

"오늘…… 하지 않을래……?"

토무가…… 먼저 말해왔다.

세상에. 이게 몇 달 만일까.

지금은 기뻐해야 할 타이밍이겠지?

"응…… 좋아……."

커튼을 내렸다.

전등불도 껐다.

사이드테이블에 있는 오렌지빛 램프만 은은하게 켜두었다.

잠옷을 입은 채 우리는 침대 위에 나란히 누웠다. 그리고…….

6화
내가 원하는 사람

— 토무 —

토모요의 잠옷 단추를 하나하나 끌렀다.

이게 몇 달 만인지 모르겠다.

어스름한 빛 속에서 토모요는 눈을 감았다. 먼저 그 눈꺼 풀 위에 키스했다.

"좋아해, 토모요."

말한다는 것은 무엇보다 중요하다. 좋아하는 마음을 전해 야 하니까.

함께 살기 시작할 무렵, 말 많은 친구들이 내게 충고해 준 말이 있다. 동거의 사 원칙을 잊지 말라고.

그 사 원칙이란 다음과 같다.

『어서 와, 다녀왔어, 고마워, 좋아해.』

그 사 원칙만 제대로 지키면 원만한 동거 생활, 또는 결혼 생활을 보낼 수 있다고 했다.

나는 충실하게 충고에 따랐다. 토모요와 가급적 오래도록 함께 지내고 싶었기 때문이다.

세 번째 단추가 잘 안 끌러졌다.

귀찮다. 확 다 찢어버리고 싶다.

하지만 인내심을 발휘해 거친 욕구를 억눌렀다.

어차피 다 벗을 건데 잠옷은 왜 입고 왔을까.

인내심을 발휘해 그런 불만도 억눌러 참았다.

정중하게, 정중하게, 또 정중하게. 단추를 풀 때도 최대한 정중해야 한다는 게— 내 지론이다.

옷을 난폭하게 벗기는 건 여자를 아끼지 않는다는 뜻이라고 생각한다.

하지만, 하지만 말이다.

나는 내가 늘 이 나쁜 잠옷을 난폭하게 벗겨 버리고 싶은 욕구를 누르고 있다는 사실을 잘 알고 있다.

하지만 욕구에 꺾이면 사랑스러운 토모요를 억지로 범하는 거나 마찬가지다.

후우…….

섹스 초입 단계에서 내 마음은 언제나 불안정하게 흔들린다.

예를 들어—

출렁, 하고 그녀의 가슴이 드러난 순간.

내 전두엽에 꿈같은 영상이 떠오른다.

먼저 오른쪽 가슴을 꽉 움켜쥐고 엄지로 젖꼭지를 비튼다. 그와 동시에 왼쪽 가슴을 침이 나올 만큼 물고 빤다. 한 한 시간쯤.

하지만 그럴 수는 없으므로 포기한다. 한 시간이나 가슴을 빠는 건 그냥 내 욕망일 뿐이다.

나는 가까스로 욕심을 목구멍으로 삼키고 되도록 곱게 그녀의 가슴을 감쌌다.

탐스러운 열매 끝을 손가락 끝으로 점잖게 건드렸다.

열매가 볼록해지며 반응을 보이자 그것을 입안에 넣어 조심조심 굴리고 혀로 핥았다.

실은 혀를 내밀어 거칠게 핥고 싶다. 빨갛고 예쁜 열매를 핥는 내 붉은 혀를 보여주고 싶지만 그건 남자의 과시욕에 불과하므로 그러지 않는다.

"후…… 아……"

토모요의 신음 소리가 나의 욕구를 부채질했다.

이번엔 미칠 듯이 소리를 내지르는 토모요를 상상한다.

혹시—

양손에 힘을 주고 가슴을 꽉 쥐면 그런 소리를 내줄까. 힘껏 가슴을 빨아들이면 마구 울부짖지는 않을까. 한번 해볼까.

하지만……

여자들은 난폭함보다 상냥함을 좋아한다.

나는 상냥하게 그녀의 가슴에 뺨을 대고 문질렀다.

공연히 욕구에 넘어가 토모요를 거칠게 다루기라도 하면 큰일이다.

성큼성큼 커져가는 자신의 이기적인 욕구를 저 끝으로 밀어 넣고 나는 가슴 계곡에 얼굴을 묻었다.

"토무……."

가느다란 소리에 얼굴을 들자 토모요가 내 얼굴을 빤히 들여다보고 있었다.

"응?"

"저기……."

"응."

입술이 뭔가를 말하려고 달싹거리다가 결국 굳게 닫혔다. 나는 토모요의 얼굴을 물끄러미 응시했다.

"왜 그래?"

그녀는 입술을 한 번 깨물었다가 천천히 말했다.

"키스해 줘."

예전에는, 사랑을 나눌 때 토모요는 그 어떤 요구도 하지 않았었다.

그런데, 그런데, 그런데!

오늘은……!

키, 키스해 달라고 말했다!!

그녀의 저 발그스름한 입술을 전부 먹어버리고 싶다.

여태 간신히 억눌러온 욕구가 폭발할 것만 같았다. 그렇게 귀여운 음성으로, 귀여운 얼굴로, 귀여운 부탁을 하면 누구든 참아내지 못할 것이다. 하지만 난 참을 수 있는 남자다.

"토모요…… 좋아해……."

일단 터져 버릴 것 같은 나 자신을 다독였다.

그리고 그녀의 입술에 입을 맞추었다. 오른손으로 허벅지를 조심스레 벌렸다. 부슬부슬한 숲을 한 번 쓰다듬고 나서 오롯하게 부푼 살집을 벌렸다.

"아……."

환희에 찬 소리가 흘러나왔다.

오랜만에 느끼는 토모요의 몸이다.

계곡을 따라 중지를 움직였다.

그곳은 이미 잘 익은 과일처럼 부드럽고 촉촉했고, 빨아들일 듯이 내 손가락을 삼켰다.

"아주 많이…… 젖었어……."

이크…… 무심코 솔직한 감상을 말해 버렸다. 저급한 표현에 뜨악해하면 어쩌지? 그런데…… 토모요의 몸이 이렇게 금세, 쉽게 젖었던가?

"토무…… 창피해……."

그래. 토모요는 이렇듯 부끄러움이 많은 아가씨니까 말 한 마디 한 마디에도 주의를 기울여야 한다.

"아, 저기, 난 너무 좋아서……."

중지를 위아래로 천천히 움직였다.

"하아, 안 돼……!"

주룩주룩 젖어내리는 계곡 사이에서 내 손가락이 미끄러질 때마다 토모요가 허리를 비틀었다.

오랜만이라 그런가…….

토모요의 몸이 이상하게…… 요염하게 느껴졌다.

허리 라인이라든가, 신음하는 입술이라든가, 흔들리는 가슴이라든가…….

분명히 토모요가 맞는데 토모요 같지가 않다.

그녀의 몸이 이렇게 관능적이었던가……?

마치 내가 전혀 모르는 몸 같다.

토모요가 허리를 높이 쳐들었다. 흡사 내 손가락을 맛보려는 듯한 움직임이다.

"아, 아, 아, 응……."

우로 좌로 허리를 흔들었다. 내 손가락이 탱탱해진 진주알에 닿자 그녀가 애절한 소리를 냈다. 그것은 내가 그토록 원했던 바로 그 소리였다.

"아, 안 돼…… 거기…… 거기……!"

토모요의 손가락이 내 어깨에 박혔다.

이런 소리는 처음 듣는다······.

오른손 중지를 아주 살짝 젖어든 동굴 안으로 꽂아 넣자,

"하아아, 아악!"

그녀는 허리를 더욱 격렬하게 움직이며 내 손가락을 휘감았다.

차락차락. 더 이상 젖을 수 없을 만큼 젖은 동굴에서 그런 소리가 났다.

나는 손가락을 천천히 더 깊이 밀어 넣었다.

"아, 안 돼, 안 돼."

그녀가 메마른 입술을 혀로 핥았다. 그 모습이 어찌나 요염한지 나는 나도 모르게 그녀의 입술을 깊이 빨아들였다.

그러자 토모요가 전에는 결코 하지 않았던 말을 했다.

"아, 더······ 더······!"

더······? 처음 듣는 소리다······.

왼손이 멋대로 움직였다.

오른쪽 손가락으로 동굴탐험을 이어가며 왼쪽 손가락으로는 알갱이를 문지르자, 토모요가 새된 소리를 토해냈다.

"하아아아아! 거기야, 토무!"

토모요가 내는 소리에 이성이 끊어질 것 같았다.

아, 어쩌면 오늘은 그런 날인지도 모른다.

아주 조금은 나도 내 욕망에 충실해도 좋지 않을까. 토모

요도 좋아해 주지 않을까.

"오늘은…… 아주 적극적이네."

나는 그저 솔직하게 말했을 뿐이다.

그런데, 순간 그녀의 얼굴이 얼어붙었다.

"……토모요?"

그녀가 내 몸에서 몸을 떼더니 슬금슬금 침대 끝으로 물러났다.

끓어올랐던 열기가 삽시간에 싸늘하게 식는 느낌이었다.

"왜 그래, 토모요?"

"……아무것도 아니야."

"아무것도 아닌 거 같지 않은데. 이리 와."

내 말은 허무하게 사라졌다.

토모요는 침대에서 내려서더니,

"미안. 역시 오늘은 안 되겠어. 미안해."

목욕탕으로 들어가 문을 잠가 버렸다.

나는 침대 위에 혼자 남았다.

어라.

이상하다. 오랜만에 황홀한 밤을 보내는 줄 알았는데.

내가 느끼는 것과 토모요가 느끼는 건 전혀 다른 걸까……?

— 토모요 —

커튼이 드리워졌다.

방 안의 조명도 꺼졌다.

사이드테이블에서 오렌지빛 등이 아스라이 빛을 발했다.

잠옷을 입고 우리는 침대 위에 나란히 누웠다. 그리고…….

토무가 내 잠옷의 단추를 끄르기 시작했다.

늘 하던 대로다.

딱히 싫은 건 아니다. 눈을 감자 그가 그 위에 입을 맞추고 이렇게 말했다.

"좋아해, 토모요."

그가 나를 아껴준다는 게 느껴졌다.

이성을 날려 버리는 쾌감은 야동이나 소설 속에서나 등장하는 거고 섹스란 서로의 마음을 확인하는 행위가 맞다. 실제로 친구들끼리 '좋아서 죽을 뻔했어'라는 말은 그냥 오버하는 거라고 얘기하곤 했다.

섹스 없는 인생이 지루하다고 말하는 건 기껏해야 요키코 정도.

섹스를 하려고 토무와 사귀는 것도 아니고, 나는 그와 아주 아주 오래 행복하게 지낼 수 있기만을 바랄 뿐이다.

아…….

토무의 손이 한참 머물러 있던 세 번째 단추가 풀어졌다.

외계 지적생명체 토무라면 귀찮다며 진즉에 찢어버렸을 것이다.

아니지.

「어차피 벗을 건데 잠옷은 왜 입고 와?」

라고 말하지 않을까?

점잖은 토무의 내면에도 그런 일면이 손톱만큼은 자리하고 있지 않을까.

있다면…… 한번 보고 싶다.

다정한 토무는 침대에서도 누구보다 다정하다. 요키코가 그러는데 최근 이십대는 대부분 발기 불능이라고 한다. 사십대의 섹스에 대한 탐욕을 그들이 본받기를 바란다고 혀를 끌끌 찼었다.

그런 면에서 토무는 그냥 건전한 이십대인 셈이다.

그럼?

그 외계 지적생명체 토무의 탐욕은 어디서 온 걸까? 내 몸을 바닥까지 탐했던 야수 같았던 그의 행위가 과연 진짜 토무에게 있기는 한 걸까?

출렁, 하고 가슴이 드러난 순간.

외계 지적생명체 토무라면 어떤 식으로 내 가슴을 맛보았을까.

아마도 젖가슴을 꽉 움켜쥐고 그 끝에 자리한 열매를 집요하게 탐하지 않았을까.

음란한 손가락으로 젖꼭지를 지분거리는 외계 지적생명체 토무를 상상하자 허리 아래가 젖어들기 시작했다.

진짜 토무는 그런 식으로 나를 만지지 않는다. 날개 깃털처럼 보드랍게 만질 뿐이다. 그런데 말이다,

그 정도로는 부족하다.

젖꼭지를 입안에 담고 이리저리 굴리지만 내가 원하는 것과는 다르다. 나는 좀 더 강한 것을 원한다. 자극이 너무 미약하다 보니 다시 외계 지적생명체 토무의 빨간 혀를 상상하게 되었다.

「기분 좋아? 나빠? 어느 쪽이야?」

진짜 토무는 하늘이 두 쪽 나도 그런 질문은 하지 않으리라.

"하아……."

외계 지적생명체 토무를 상상하자 가느다랗게 신음이 새어 나왔다.

기분이 이상했다.

지금 내 몸을 사랑해 주는 이는 진짜 토무인데 내가 욕정

을 느끼는 건 외계 지적생명체 토무다.

내가 좋아하는 건 어느 쪽이지? 물론 진짜 토무다. 그 토무는 틀림없이, 아마도…….

내 몸이 그 토무를 원하는 것뿐이라고 스스로를 납득시켰다.

하지만……

내 몸이 갈구하는 쾌감을 알아버렸다.

몸이 느끼는 것을 알아버렸다.

진짜 토무가 미친 듯이 나를 원하는 일이 있기는 할까.

불끈불끈 솟아오르는 나의 욕망을 말한다면…… 진짜 토무는 과연 받아들여 줄까.

"토무……."

뭐라고 해야 할까.

외계 지적생명체처럼 내 몸을 탐해달라고 말할 수는 없다.

더 강하게 내 몸 구석구석을 만지고 입맞춰 달라고 할 수는 없다. 그러면 점잖은 토무는 나를 음탕한 여자라고 생각할 테니까.

죽는 한이 있더라도 그런 말은 못한다.

불현듯 다른 사람들은 어떤 식으로 사랑을 나눌지 궁금해졌다.

"왜 그래?"

그만두자. 쾌감과 감정은 별개다.

"키스해 줘……."

한결같고 온화하기 짝이 없는 이 섹스에 만족해야 한다.

외계 지적생명체와 있었던 일은 꿈이라고 생각해야 한다.

뿌리까지 송두리째 뽑혀 나갈 것 같았던 그 섹스는 잊어야 한다. 그런데 잊으려 하면 할수록 그때의 기억은 선명해지기만 했다.

'널 원해' 라는 말을 들었을 때, 오싹하게 파르르 떨리던 그 느낌. 촉촉하게 젖어 내리던 계곡의 느낌.

아, 또 상상하고 말았다.

"토모요…… 좋아해……."

나는 눈을 감았다.

상상이 나를 적셨다. 그가 내 허벅지를 살짝 벌렸다. 그 안이 비에 젖어 꿈틀댔다. 그의 손길을 기다리며 파르르 경련을 일으켰다.

어쩌지.

외계 지적생명체 토무가 나를……

나를 이렇게 음탕한 여자로 만들었어.

서늘한 손가락이 화끈거리는 계곡 안으로 진입했다. 빗물이 넘쳐나고 있었다.

"아주 많이…… 젖었어……."

절정을 경험해서 그런가?

요키코가 그런 말을 한 적이 있다. 절정을 경험한 사람과 못한 사람은 젖어드는 모양이 다르다고.

"토무…… 창피해……."

외계 지적생명체 토무로 인해 절정을 맞이했던 걸 들킬까 봐 더럭 겁이 났다. 의기소침해지는 감정이 오히려 나를 더욱 달구었다.

"아, 저기, 난 너무 좋아서……."

그의 손가락이 위아래로 움직였다.

"하아, 안 돼……!"

어떡하지. 허리가 제멋대로 움직이고 있다. 어디가 닿으면 더 좋은지 이미 충분히 경험한 탓이다.

좀 더 위…….

허리 아래, 그곳이 토무의 손가락을 원하고 있다.

그곳을 부드럽게 만져 주는 손가락이 마치 일부러 나를 애타게 만드는 것 같았다. 소리가 그의 귀에 닿을까 슬그머니 걱정이 되었다.

「어떻게 해줄까?」

「뭘 원해?」

「원해? 원하지 않아? 어느 쪽이야?」

몸이 그때의 쾌감을 또렷이 기억하고 있었다.

나는 허리를 움직여 계곡 사이에 놓인 손가락과 마찰을 일으켰다.

"아, 아, 아, 응⋯⋯."

끈적이는 소리가 들렸다. 감춰져 있던 알맹이에 손가락이
닿자 젖꼭지까지 뾰족해졌다.

아, 쾌감이 가장 강한 곳을 찾은 거 같아.

"아, 안 돼⋯⋯ 거기⋯⋯ 거기⋯⋯!"

머릿속을 쩌렁쩌렁 울리는 소리가 나를 헤집어놓았다.

「네 안에 들어가고 싶어서 못 견디겠어.」

「따라 해봐. 내 몸은⋯⋯.」

그의 손가락⋯⋯.

"하아아, 아악!"

갈망으로 활짝 꽃잎을 벌린 그곳으로 토무의 손가락이 들
어왔다.

정말로 내 몸은 전과 달리 예민해져 있었다. 쾌감이 깊이,
더 깊이, 한결 깊이 전해졌다.

"아, 안 돼, 안 돼."

손가락 하나로는 부족해. 그의 다정한 키스가 이어졌지만
내가 원하는 건 그게 아니었다.

「더 원하면 네 입으로 말해.」

그의 말에 부끄러움도 저만치 날아가 버렸었다.

"아, 더…… 더……! 하아아아아! 거기야, 토무!"

"오늘은…… 아주 적극적이네."

상상이 뚝 끊겼다.

현실에서 들린 토무의 목소리에 나는 별안간 이성을 되찾았다.

그렇구나…… 지금은…….

진짜 토무와 사랑을 나누고 있었지…….

순식간에 깨달아 버렸다. 아니, 눈 돌리고 있던 진실을 이제야 제대로 바라볼 수 있게 된 것과 같다.

내가 원하는 건 점잖은 토무와의 섹스가 아니다.

그런데 이대로 계속 토무와 같이 지낼 수 있을까.

이럴 줄 알았다면 그냥 계속 섹스리스로 지낼 걸 그랬다.

"미안. 역시 오늘은 안 되겠어. 미안해."

뜨거운 물로 샤워를 하고 싶어졌다. 냉정을 찾고 싶었다. 생각을 좀 해봐야겠다.

오늘은 혼자 자고 싶다.

7화
교미하자

─ 토무 ─

머리가 아프다.

원래 은하공간으로 텔레포트를 하면 이렇게 구토와 두통이 엄습한다.

뭐…… 어쩔 수 없다.

공간을 압축해 시간까지 초월해서 이동하는 거니까.

아무리 외계 지적생명체인 나라지만 아직 이 증상을 이겨낼 만큼 진화하지는 못했다.

아무튼 공간이동 과정이 모두 종료되었다.

나는 소파에서 몸을 웅크리고 잠들어 있는 모르는 여자의 뺨을 꼬집는다.

"아야……!"

그녀가 뺨을 붙들고 벌떡 일어난다.

"아침밥은 어쩌고 아직도 자? 일을 하려면 밥을 먹어야 해. 그래야 머리가 돌아가니까. 어서 내게 포도당을 공급해 줘!"

모르는 여자가 바닥에 주저앉아 나를 올려다본다.

얼간이같이 입을 벌리고만 있다.

"왜 그래?"

그리고 나를 빤히 본다.

"말을 잊어버렸어?"

천천히 일어나 정면에서 나를 뚫어지게 쳐다본다.

"외, 계, 지적, 생명체……?"

그럼 누구겠어?

"돌아, 온 거야……?"

"어떻게 된 건지 잘 모르겠는데 블랙홀에 빠져 버렸었어."

모르는 여자의 입술에 닿기 직전까지는 기억이 난다.

그리고 정신을 차리고 보니 좌우, 상하가 없는 시꺼먼 공간에 나 홀로 표류하고 있었다.

"더는 그러고 있으면 안 될 것 같아서 정신 바싹 차리고 텔레포트를 한 거야. 역시 나란 존재는 마음만 먹으면 못하는 게 없다니까."

모르는 여자는 웃는 것도 같고 우는 것도 같은 알쏭달쏭한 얼굴로 나를 계속 쳐다본다. 그래서 나도 같이 알쏭달쏭한 얼굴로 쳐다봐 준다.

잠시 후 그녀가 미소를 피어 올린다.

"커피…… 마실래……?"

"그보다 초콜릿 회사로 출근할래."

"오늘은 토요일인데……?"

"아참. 지구의 상식은 주 오일제지."

후우우우…….

모르는 여자가 한숨을 토한다. 저러다가 내장 튀어나오겠다.

"산소결핍이야?"

"아니야."

아무래도 기분이 언짢은가 보다. 여자 사람 사용법 같은 게 있으면 좋겠다.

큰 기대는 없지만 혹시나 싶어 서재를 기웃거려 본다.

"내가…… 바라던 대로 된 건가……."

뒤에서 여자가 그런 말을 읊조린다. 무슨 말인지는 모르겠다.

"뭐가 뭔지 모르겠네……."

모르는 여자가 내쉬는 한숨의 의미 따윈 내 알 바 아니지만, 다소 신경이 쓰이니 물어보기로 한다.

"지난번 일 말인데."

모르는 여자가 눈을 크게 깜빡인다.

"지난번 일이라니?"

"같이 있을 수 없다고, 다시는 안 만나겠다고 선언했잖아. '내일 가출하겠다'고."

블랙홀에서 표류하면서 나는 줄곧 생각했다. 그리고 하나의 답을 도출해 냈다.

"지구인은 보통 우주생명체가 등장하면 지구를 침략할 거라고 생각하잖아."

"그런데?"

"나간다, 나가지 않는다, 그렇게 복잡하게 고민하지 말고 그냥 공존하면 되지 않을까?"

나는 모르는 여자의 팔을 잡았다.

"무슨 뜻인지 잘 모르겠어."

말 그대로 공존하자는 말이다. 그게 이해가 안 갈 만큼 어려운 말인가?

나는 모르는 여자를 안고 테이블 위에 앉힌다.

"평화적으로 해결해 보자고."

발목을 잡고 좌우로 벌린다.

"잠깐! 뭘 하려고?!"

그녀가 입은 롱스커트를 잡아 위로 말아 올린다.

"우주 평화를 위해서라도 지구인과 외계 지적생명체는 공존할 필요가 있어."

"그, 그거랑 이게 무슨 상관인데?!"

"공존하려면 뭐가 필요하지? 공통분모가 있어야 하잖아."

그리고 그 공통분모라 함은, 나와 모르는 여자 사이에서 만들어진 새로운 생명체.

그렇다.

즉, '아이'를 만들면 되는 거다!

함께 살아간다는 건 그런 거다.

이렇게 오묘한 진리를 깨닫는 걸 보면 난 정말 고등지적생명체가 맞다.

"그러니까 지금부터 이 안에다가 사정할 거야."

"바보…… 아냐?!"

"바보 아닌데. 지적생명체야."

그녀의 허벅지 안쪽에 입을 맞춘다. 강렬하게, 입술의 흔적이 남을 만큼 깊이 그녀의 살을 빨아들인다.

"아야……."

모르는 여자의 무릎이 희미하게 떨린다. 그렇다. 어째서 이렇게 간단한 방법을 더 일찍 생각해 내지 못했던 걸까.

이제 안 만나겠다, 나가겠다, 함께 못 지내겠다, 그런 어쭙잖은 말을 하기 전에 생각했어야 한다.

새하얀 허벅지에 새겨진 파리한 혈관을 따라 혀를 움직인다.

"하……."

입술 사이로 한숨을 내쉬는 이 여자가 머릿속으로 무슨 생각을 하는지는 나도 모른다.

하지만 지금은 달리 해야 할 일이 있으니까 그게 뭐든 중요하지 않다.

나는 다른 허벅지의 혈관을 손가락 끝으로 더듬는다.

"으음…… 하아……."

이 여자는 블랙홀보다도 어려운 존재다. 그래도 이 살결을 더 이상 만지지 못한다는 건 참기 힘든 일이다.

혀끝이 속옷 가장자리에 닿는다. 허벅지 안쪽과 속옷의 경계를 혀끝으로 핥다가 속옷 틈으로 혀를 집어넣는다.

"하……!"

사르락 하고 까만 잎사귀가 혀에 닿는 소리가 들린다.

같이 사는 이유는 여전히 모르겠지만 앞으로 같이 살 이유는 지금부터 만들면 된다.

혀끝에 달콤한 맛이 꿈결처럼 퍼져 나간다.

아, 그래. 이 맛이다.

이 달콤함이 나를 부여잡고 놓아주지 않는다.

코끝을 속옷 안으로 밀어 넣는다. 크게 숨을 들이마셔 가슴 깊은 곳까지 달달한 향을 빨아들인다.

"하잉, 그러지 마……."

모르는 여자가 주먹으로 내 등을 툭툭 때리지만 진심이 아니라 아프지는 않다.

속옷을 옆으로 밀어내자 벌써 흥건하게 젖은 계곡이 반짝반짝 윤기를 머금고 있다.

"넣어주기를 바라는 것 같아."

"아니…… 그런 거 아냐……."

"바로 넣는 건 아까우니까."

이렇게 달콤한 샘물이 가득한 걸 보니 욕심이 난다. 나는 혀와 코끝으로 계곡 문을 연다.

"그러지 마…… 그러지 마……."

같은 말을 반복하며 여자는 또 이해 불가능한 행동을 한다.

자신의 손을 얹어 속옷을 잡아당기는 걸 도와준 것이다.

이거 봐라. 핥기 편하게 하려고 이러는 게 분명하다.

"그러지 마…… 그러지…… 하아…… 아아……!"

혀뿐만 아니라 얼굴 전체를 위아래로 움직인다. 혀가 계곡 입구 주변에 닿을 때마다 코끝이 잔뜩 약이 오른 알맹이를 콕콕 찌른다.

"아, 거기…… 하아……."

뾰족하게 내민 혀로 알맹이를 살짝 건드리고는 다시 코끝으로 마찰을 일으킨다.

달짝지근한 샘물이 내 입술에, 뺨에, 코에, 이마에 미끈하게 묻는다. 질척질척하게. 비에 젖은 계곡에 얼굴을 깊이 묻는다.

"······달콤함이 더 깊어졌어."

추릅추릅. 평소보다 몇 배나 부풀어 오른 알맹이를 머금으며 소리내어 빨아댄다.

"세상에, 하아······ 아아······ 안 돼, 거긴······ 그러면······."

죽어버릴지도 몰라.

아마도 그런 말을 하려는 것 같은데 말이 안 나오나 보다.

모르는 여자의 엉덩이가 파도처럼 출렁인다.

"이봐."

힘이 빠진 여자의 턱을 쥔다.

"정신을 잃을 때가 아니야."

목덜미에 입을 맞추며 말캉한 목살을 가볍게 물어본다.

"아야······."

"아직 삽입도 안 했는데."

손가락으로 계곡의 입구를 살살 벌린다.

"아직 여기다가 사정 안 했다고."

두근두근. 심장박동 소리와 똑같이 달콤하게 젖어 있는 동굴이 수축과 팽창을 반복한다.

"지금부터야."

손가락으로 과즙을 한 움큼 떠서 그것을 바싹 성이 난 내 분신에 바른다.

"좀 더······."

그건 여자가 한 말이 아니다.

나다.

좀 더.

좀 더.

좀 더.

이 달콤함과 이 몸을 맛보고 싶다.

습윤하고 따뜻한 여자의 몸속으로, 달콤한 향이 진동하는 계곡 안으로, 들어간다.

— 토모요 —

그의 몸이 들어온다.

"하아아······."

살과 살이 맞닿는 감촉이 선연해지고 몸 밖으로 스며나온 체액이 얽혀들었다.

"어떻게 이렇게······."

이렇게 감질나게 들어오는 거야?

허리가 저절로 요동친다. 외계 지적생명체는 오랜 시간 공을 들인 후에야 삽입을 시도했다.

"그냥 사정만 하면 아깝다고 했잖아. 마음껏 맛을 봐야지."

쑤욱······ 하고 살이 마찰을 일으키는 소리가 들렸다.

안 돼!

살짝 움직였을 뿐인데 젖을 대로 젖어버린 입구가 민감하게 반응하며…….

움찔움찔움찔.

수축을 반복했다.

"하……!"

외계 지적생명체 토무가 미간에 주름을 잡으며 소리를 높였다.

"……달콤한 몸이야."

지금 이 상태를 나는 기뻐해야 하는 걸까?

간밤에 바꿔놓은 약이 생각났다. 아마도 그건 하룻밤이 지나야 효력을 발휘하는 듯하다.

"무슨 생각해?"

외계 지적생명체 토무가 내 뺨을 손으로 감싸 쥐었다.

"지금은 다른 생각 하지 마."

꾸욱…… 하고 그의 분신이 깊이 들어왔다.

"교미만 생각해."

덜컹덜컹…….

조금씩, 조금씩 그가 내 몸 안으로 들어오면서 테이블이 흔들렸다.

이대로 끝까지 들어와 사정하면…….

아, 안 돼. 그러면 안 돼……!

오늘은 위험한 날인데……!

진짜 아이라도 생기면 어쩌려고.

부탁해, 이제 그만해.

내가 그 말을 하기도 전에,

"아, 안 되겠어⋯⋯!"

별안간 그가 몸을 쑥 빼버렸다.

뭐, 뭐지⋯⋯?

외계 지적생명체 토무는 자신의 분신을 꽉 잡고는 호흡을 고르기 시작했다.

왜 그러는 거야?

그는 숨을 깊이 들이마시고 내쉬었다.

"안 되겠어. 너무 집중하니까 금방 사정할 거 같아."

그건 아까워, 아까워서 안 돼. 그는 혼자 그렇게 중얼거렸다.

"그래도 넌 집중해. 나는 조금 의식을 분산시켜야 오래할 수 있을 거 같아. 구구단이라도 외워야 하나⋯⋯."

뜬금없이 웬 구구단?

"네 안은 푹 젖어서 따듯하고 달콤하고 달콤해. 아무튼 기분이 너무 좋다고. 넣자마자 사정할 만큼 환상적이야."

외계 지적생명체 토무는 손가락을 그 안으로 쑥 집어넣었다.

"하악⋯⋯."

슥.

"하아……."

스륵.

"하아아……."

이번엔 손가락으로 나를 맛보았다.

"더 오래, 이 달콤한 소리와 얼굴을 보고 싶어."

손가락을 한 번 빼고 다시 넣었다. 그때마다 손가락 개수가 불어났다. 중지, 검지, 약지, 그리고 소지까지…….

맙소사……. 손가락이 네 개나…….

그는 손가락 네 개를 내 안에 넣은 채 그 손가락을 천천히 구부렸다.

"하읏……!"

이게 뭐지……? 안이, 저 안이 찢어질 것 같은데도 너무 좋아.

나는 등줄기에 힘을 주고 몸을 단단히 지탱했다.

활짝 벌린 무릎이 가슴을 찌를 만큼 상체를 일으켜 세웠다.

그리고 토무는 내 안에서 손가락 네 개를 다시 구부렸다.

"하아…… 그 안이……!"

뭐지, 이게……. 금방이라도 몸이 폭발할 것 같아…….

"여자 지구인은 G스폿을 모르나?"

몰라! 지금까지 거긴 건드려 본 적이 없다고!

아무도.

토무조차.

네 개의 손가락이 샘물을 모두 퍼낼 기세로 움직였다.

샘물에 감싸인 벽을 수차례 긁어댔다.

"흐아아…… 아아……."

어쩌지…… 화장실 가고 싶어졌어!

불쑥 솟아오른 요의에 난감해졌다.

"앉은 상태에서 여기를 자극하니까 이런 소리를 내는구나."

그는 이번엔 손가락 네 개를 각각 움직이며 계곡 안을 휘저었다.

"아후…… 후우…… 하아……!"

"그렇게 예쁜 소리를 내면 곤란한데."

외계 지적생명체는 스커트를 가슴께까지 말아 올리고는 탱탱해진 가슴을 욕심껏 입에 담았다.

"하윽……!"

등줄기가 뒤로 팽팽하게 휘었다. 나는 그대로 테이블 위에 누웠다.

아, 안 돼. 그렇게 가슴을 핥지 마. 그러지 마. 아, 안 돼.

침범벅이 됐는데도 기분이 좋구나.

몸이 녹아 없어질 것 같아.

날 얼마나 만져야 속이 시원하겠어? 얼마나 핥아야 속이 시원하겠어!

내 몸인데도 외계 지적생명체가 붙든 채 애무를 지속하자 몸의 내부와 외부의 경계선이 모호해지는 것 같았다.

그래도 기분은 좋아······.

그가 힘이 빠져 흐늘흐늘해진 내 몸을 일으켜 자기 무릎 위에 앉혔다.

"방해되니까 옷 벗어."

그의 말대로 팔을 뻗어 옷을 벗어던졌다.

그때, 열과 성의를 다해 단추를 풀다가 세 번째 단추가 풀어지지 않자 난감해하던 토무의 모습이 떠올랐다.

벗어.

그 한 마디면 내가 알아서 벗었을 텐데.

그 토무는 그걸 몰랐다.

"이번엔 사정할 거야."

외계 지적생명체 토무가 귓가에 대고 속삭였다.

끄덕. 나는 대답 대신 고개를 끄덕였다.

그가 내 엉덩이를 잡고 들어 올렸다. 그리고 자신의 분신을 향해 천천히 앉혔다.

힘차게 고개를 쳐든 그의 뜨끈뜨끈한 불기둥이 내 몸 안으로 파고들었다.

"딱딱해······."

나는 외계 지적생명체의 목에 매달렸다.

"허리를 움직여 봐."

외계 지적생명체의 몸 위에 걸터앉아 나는 조금씩 몸을 움직였다.

그의 커다란 손이 내 등을 든든하게 받쳐주었다. 내 가슴이 자잘하게 근육이 박힌 그의 탄탄한 가슴에 닿아 납작하게 눌렸다.

나는 황홀함을 맛보며 허리를 흔들었다.

이런 감각은 처음이다. 흠뻑 젖은 입구가 곧 나 자체인 것 같은 느낌. 아니, 오직 그곳만이 살아 꿈틀대는 것 같았다. 외계 지적생명체가 내 등을 쓸어내렸다. 나도 그의 등을 꽉 끌어안았다.

"오늘이 토요일이라 다행이야."

외계 지적생명체가 다시 말을 이었다.

"이틀 동안 교미만 할 거야."

외계 지적생명체가 허리를 튕길 때마다 철벅철벅 하고 두 사람이 하나가 되는 소리가 들렸다.

"안 돼…… 이틀이나……. 어떻게 이런……. 그러면 죽을지도 하, 아……."

"또 하고 또 하고 또 할 거야."

젖꼭지를 할짝이는 붉은 혀.

"또 하고 또 하고, 네 안에 날 쏟아부을 거야."

예민해진 두 사람의 분신이 맞물릴 때마다 열이 올랐고 그때마다 소나기처럼 비가 내렸다.

"아이가 생길 때까지."

그 말에 정신이 번쩍 들었다.

역시 이 상황에서 아이가 생기는 건 곤란하다.

아무래도 외계 지적생명체와의 섹스에 빠져 잠시 영혼이
가출을 했었나 보다.

무엇보다 순서가 바뀌었잖아. 아직 결혼하지도 않았는데.
그리고 결혼하려면 넘어야 할 산도 몇 개 있고.

더구나 내가 결혼하는 건 어느 쪽이지?

그리고 제일 중요한 거. 그 결혼에 사랑이 있는 한 건가?

교미밖에 모르는 외계 지적생명체 토무.

섹스리스 토무.

그게 그거다.

따지고 보면 같은 사람이니까.

나는 살짝. 그러나 확실하게.

외계 지적생명체 토무의 몸을 불러들였다.

8화
섹스가 가르쳐 주는 것

— 토무 —

모르는 여자가 '타임'을 외쳤다.

저기요…… 이 상황에서 타임이라니요.
피니시에 도달하기 직전에 '타임'을 당한 내 마음은 '타임'을 당한 자밖에 모를 거다.
"안 되겠어……."
"엉?!"
"역시 안 되겠다고."
"이 상황에서 그런 말이 나와?"
"아이 얘기를 떠나서 좀 더 기본적이라고 해야 할지, 근본

적이라고 해야 할지."

모르는 여자의 꽤 길어질 것 같은 말에 나는 불쑥 짜증이 솟는다.

요컨대 지금 나를 거부하겠다, 이 말 아닌가.

이 감정은 뭐지……? 분노, 는 아닌 것 같고……. 불만 같기도 하고, 낙담 같기도 하고. 가라앉는 거 같기도 하면서. 아무튼 짜증에 가장 가까운 감정이다.

아…… 기분 별로다.

"저기."

"응?"

일단 처리할 건 처리해야 한다.

테이블에서 여자를 내려 바닥에 앉힌 다음 소파에 앉은 내쪽으로 이끈다. 나는 여자의 후두부에 손을 내고 얼굴을 위로 향하게 한다.

"뭐 어쩌라고……?"

그녀의 입술에 번들거리는 내 분신을 갖다댄다.

"입으로 해줘. 당연하잖아."

"싫어……!"

"싫다고 할 때가 아니야."

한창 교미 중에 멈추라고 했으면 책임을 져야 하는 거다. 사마귀나 거미도 교미 중에는 예의를 지킨다.

혹시 여자 사람은 예의를 모르나?

여자의 양쪽 어깨를 위에서 찍어눌러 양손과 무릎을 바닥에 짚게 했더니 자연스레 엉덩이가 볼록 치솟는다.

팔을 뻗어 그녀의 탐스러운 엉덩이를 움켜쥔다.

"하잉…… 정말……!"

엉덩이를 양쪽으로 벌리자 끈적이는 소리가 들린다.

아, 아깝다. 끈적끈적 맛있게 젖은 저곳 안에 마음껏 몸을 묻고 싶었는데.

나는 손가락으로 계곡 사이를 벌렸다.

"제발…… 부탁이야……!"

엉덩이를 움켜쥐고 손가락 네 개를 움직여 눅진하게 젖은 꽃잎을 희롱했다.

"앗! 하아앗……."

소리도 제대로 안 나올 만큼 느끼는 주제에.

검지로 꽃잎을 쓸어내리며 중지로 다른 꽃잎을 쓸어내린다. 약지로는 딱딱한 알맹이를 감질나게 건드린다.

"하아…… 좋아……!"

"좋아? 어디가? 위? 아래? 아니면."

약지에 힘을 담는다.

"하아아아……!"

그녀가 엉덩이를 더욱 높이 내밀며 소리를 내지른다. 나는 무릎을 굽혀 소파로 그녀를 끌어올리고 발끝으로 여자의 젖꼭지를 만져본다.

그리고 발딱 솟은 그곳을 엄지로 뱅글뱅글 건드리다가 콕 찔러보기도 한다.

"학……!"

허리를 위로 올려 여자의 입안에 내 분신을 찔러 넣는다.

"흐읍……!"

아, 따뜻하다……. 당장 터질 것 같다…….

여자는 알아야 한다. 절정 직전에 남자를 멈추는 건 한없이 죽을죄에 가깝다는 것을.

그렇다고 죽으라는 건 아니고, 여하간 나를 거부한 이 여자가 나쁜 거다.

내 짜증이, 불만이, 낙담이. 좌우간 현재의 감정 모두가 나를 다소 냉정하게 만들고 있다.

"흠……! 으읍…… 읍……!"

허리를 움직이자 여자의 보드라운 혀의 감촉이 분신 전체로 퍼져 간다.

아, 조금만 더…….

"……나온다."

기둥이 크게 맥박 쳤고 몸 안에서 쾌감 덩어리가 터져 여자의 입안을 가득 메웠다.

아아…… 이 여자는 입속까지 달콤하구나.

두근두근. 아직도 여운이 가시지 않는다. 여자는 목을 흔들어 내게서 떨어지더니 갈라진 음성으로 중얼거렸다.

"펠라티오는…… 처음이야……. 아…… 이제 만지지
마……!"

오른손을 움직여 그녀의 등줄기에서부터 엉덩이까지 따라
내려가 그 아래 지점에 도달한다.

"이제 그만해?"

왼손을 그녀의 허리 아래로 이어지는 오솔길을 더듬다가,

"아니면 여기서 절정을 느끼게 해줄까?"

중지로 도톰해진 알갱이를 꾸욱 눌렀다.

"하아…… 그만해."

거짓말. 이렇게 젖어놓고.

"끝까지 안 가봐도 되겠어?"

내 손가락이 닿을 때마다 저렇게 엉덩이가 요동치는데.

팥알만큼이나 부푼 알갱이는 깜찍하도록 딱딱해져서 그것
을 중지로 지분거리자 여자의 몸이 파들파들 떨린다.

"하윽……! 아악……!"

교성을 지르며 다시금 엉덩이를 흔들자 그 진동으로 양쪽
가슴이 출렁거린다. 그리고 그때마다 말랑말랑한 가슴살이
내 다리를 간질인다.

"느껴져?"

이 모르는 여자가 느끼는지 어떤지 나는 이미 알고 있다.

그래서 오른손 중지를 동굴 안으로 들이민다. 아주 조금
만.

"안달나지?"

나의 소극적인 움직임에 안달이 나서 견딜 수가 없을 것이다.

"그런데 그만하라고 했으니까……."

중지를 계곡 입구에 아주 살짝 넣었다가 다시 뺀다.

"아, 아, 아, 하아……."

욕구를 억누르지 못한 여자가 허리를 내밀며 손가락을 탐하자 나는 손을 거두어 슬그머니 그녀의 약을 올린다.

"안 되겠다고 말한 건 당신이잖아."

농익은 열매를 손가락 사이에 끼고 심술궂게 뒤튼다.

아, 이제 슬슬…….

"갈 거 같군."

나는 그녀의 몸에서 손을 모두 거둔다.

양쪽 무릎과 손을 바닥에 짚고 있는 여자는 절정을 갈구하며 뜨거운 입김을 뿜어낸다.

그런 그녀를 나는 짐짓 모른 체한다.

"왜 그래? 눈물까지 글썽이면서."

얼굴을 들여다보자 그녀가 애절한 눈으로 나를 올려다본다.

"사정하기 직전에 저지당한 기분이 어떤지 이제 알겠어?"

그녀가 입술을 깨물며 몸부림치는 욕정을 견디고 있다.

움직이고 싶어도 움직일 수 없다.

여차하면 자위라도 할 기세다.

모르는 여자의 몸은 정상에 오르기 직전이다.

"날 원해? 아니면 내 앞에서 자위라도 할 테야?"

안다. 지금의 난 심술 맞은 아이와 다를 바가 없다.

초콜릿을 빼앗긴 아이. 부정하지 않겠다.

"정상에 오르고 싶지?"

그녀의 엉덩이 아래를 살짝 확인해 본다.

"손가락 하나도 닿지 않고 가게 해볼까?"

나는 크게 숨을 들이마셨다.

그리고,

후욱—

그곳에 숨을 불어넣었다.

"아앙—!"

모르는 여자가 절정에 찬 교성을 내지르며 허리를 뒤틀었다.

더없이 흐트러진 여자를 보니 내 신경을 곤두서게 했던 짜증이 희미한 여운을 남기며 사라져 갔다.

그러나,

모르는 여자는 그 후 샤워를 하고 옷을 챙겨입고는,

쌩하니……

집에서 나가 버렸다.

— 토모요 —

"요키코. 나 며칠 재워줄래?"

요키코네 집에 가서 할 말은 그게 다였다. 다른 말은 절대
하고 싶지 않았다.

그런데…….

"페, 페, 펠라티오를 했어! 토무는 절대 그런 거 안 할 줄
알았는데!"

"어머나!! 토모요, 그 나이 되도록 펠라티오 경험이 없었단
말이야?!"

아니, 그거야…… 야동에서나 나오는 얘기 아니었어?

"너희들이 왜 섹스리스 커플이 됐는지 알 것 같다. 토모요,
너 진짜 나무토막 같았나 보구나."

"난 죽었다 깨도 요키코 같은 암캐는 못 될 거 같아."

"지금 나 욕한 거야? 칭찬한 거야? 어느 쪽이야?"

둘 다 아냐.

"그리고 여기."

"여기?"

"배꼽 아래, 거기 말이야. 손가락을 요렇게 만들면 닿는
곳."

"G스폿?"

"어, 거기!"

요키코가 내 잔에 맥주를 따랐다.

"토모요. 혹시 지금까지 G스폿이 뭔지도 몰랐던 건 아니지?"

"몰랐어! 토무가 만져 준 적도 없었고."

요키코는 마룻바닥에 철퍼덕 엎드렸다.

"너희들, 진짜 재미없는 커플이었구나."

요키코의 방에서 나는 외계 지적생명체의 끝없는 성욕에 대해, 징글맞은 손가락에 대해, 심술궂은 언동에 대해 죄다 털어놓았다.

재밌는 이야기라도 듣는 듯하던 요키코는 급기야 우리의 순수성에 경악한 모양이었다.

"그런데 우주평화를 위해 아이를 낳자는 게 말이 되냐고."

"그 얘긴 어디서 튀어나온 걸까?"

"아마도 지난주에 우주인이랑 지구인이 평화롭게 지내려면 가족이 되어야 한다는 요지의 영화를 본 게 이 사달을 만든 거 같아."

"마리야가 의외로 단순한가 보네."

나와 요키코는 거의 피를 토하도록 수다를 떨어댔다.

정신없이 쏟아놓고 나니…….

"휴우, 이제 좀 진정이 된다. 고마워, 요키코."

"그럼 맥주는 그만하고 녹차 한 잔 하면서 진지한 대화를 나눠볼까?"

술김에 온갖 수치스러운 얘기를 토해놓고 났더니 속이 좀 후련해졌다. 내 얘기를 진지하게 들어주던 요키코는 맥주를 치우고 향이 진한 녹차를 내왔다.

"그래서? 토모요가 고민하는 건 뭔데?"

"그게 말이지……."

"강압적이고 제 기분만 앞세워 섹스하는 토무와 섹스리스지만 토모요를 배려하는 토무 중 어느 쪽을 선택해야 하는지, 그런 멍청한 고민을 하는 건 아니지?"

어…… 그게 멍청한 고민이야?

두 남자 사이에서 고민하는 게 마치 삼각관계 같잖아!

"서로 다른 남자 사이에서 흔들리는 건 삼각관계의 알싸한 매력이야. 그런데 네 경우는 둘 다 마리야니까 삼각관계는 아니지."

그건 그렇네.

"예를 들어 이런 식으로 생각할 수는 없나? 외계 지적생명체 토무는 해방된 마리야."

"그럼 진짜 토무는?"

"네가 원하는 마리야."

내가…… 섹스리스를 원한다고?

"어쨌거나 펠라티오도 안 해줬던 넌 여친 실격이야."

담배에 불을 붙인 요키코는 연기를 한 모금 깊이 빨아마셨다. 그러는 사이 그녀는 허공을 지그시 응시하며 무언가를 골똘히 생각했다.

"아무리 다른 사람 같다고는 해도……."

날숨과 함께 하얀 연기가 뿜어져 나왔다.

"근본은 같은 사람이잖아."

요키코는 항상 진실만 얘기한다.

"진짜로 우주에서 온 물체X가 마리야의 몸속으로 스며든 건 아니라고."

연기가 하늘하늘 춤을 추며 허공으로 사라졌다.

"인간은 기운이 솟을 때가 있는가 하면 그렇지 않을 때가 있잖아. 자신만만할 때와 의기소침할 때가 있고. 같은 사람이라도 그렇게 다를 때가 있다는 얘기지."

요키코는 연기를 길게 뿜어내며 재떨이에 담배를 비벼 껐다.

"회사에서는 거드름을 피우다가도 호텔만 들어서면 애기처럼 변하는 사람도 있는걸. 가령 우리 사장님처럼."

……네?! 뭐라고요?!

"몇 번 해본 적이 있거든. 이거 비밀이다. 그쪽 방면으로는 아저씨가 최고야. 섹스에 열중해서 얼마나 집요하게 덤비는데. 아주 죽여줘."

"이, 이, 대단한 암캐……."

"너 혹시 안 빼고 세 번이라는 말 알아?"

모, 모릅니다…….

"삽입한 상태 그대로 세 번을 한다는 뜻이야."

오 마이 갓—! 그런 체력은 어디서 오는 겁니까, 사장님. 올해 환갑 되시는 분께서.

"역시 사장이라 그런지 섹스에 대해서도 엄청 열심히 공부하더라."

그냥 밝히는 거 아닐까?

"아니야, 토모요. 섹스라는 건 엄밀히 말해 일대일 진검승부라고."

그건 또 무슨 이론……?

"토모요도 마리야도 섹스에 대해 지나치게 불성실해. 좀 더 진지한 고찰이 필요하다고!"

알딸딸해서 좋았는데 술이 확 깨는구나.

"저기, 요키코처럼 섹스에 재능이 있는 사람한테는 그런 말이 쉽지만."

나는 힐끗 책장을 곁눈질했다.

책장을 가득 메운 야동, 야동, 야동. 그밖에 수많은 섹스 관련 책들이 그 이름도 당당하게 자리를 차지하고 있었다.

"난 워낙 숙맥이잖아."

요키코는 앙증맞은 테이블을 쾅— 하고 내리쳤다.

"섹스가 모든 걸 가르쳐 줄 거야!"

"요키코, 요키코, 진정해. 차 한 잔 마시고."

"진지하게 섹스를 해보면 대체로 상대가 어떤 사람인지 알수 있어."

에이, 말도 안 돼.

"진짜야, 토모요."

요키코가 내 손을 가만히 쥐었다.

"우린 친구지?"

그, 그렇지. 비록 암캐이긴 하지만 요키코의 말은 늘 진실하다.

"맞잡은 손에서 뭐 느껴지는 거 없니?"

성격은 물론 입도 더럽지만 나를 걱정해 주는 요키코의 마음이 전해졌다.

"섹스는 이보다 천배 만배는 강력해. 의외로 몸은 거짓말을 안 하거든."

그리고 요키코는 폐부를 뚫는 한 마디를 던졌다.

"사랑 없는 섹스는 금방 느껴져."

사랑이 없는 섹스.

"손가락의 움직임은 하나도 안 중요해. 아무리 정중해도, 테크닉이 훌륭해도 느껴지는 게 있거든."

머릿속으로 외계 지적생명체 토무의 몸이 둥실 떠올랐다.

그리고 단추를 푸느라 쩔쩔매던 토무의 손가락도 떠올랐다.

곰곰이 생각해 보았다. 외계 지적생명체 토무의 강압적인 면을. 사랑이 없다면 없는 거고, 그렇게 따지면 진짜 토무 역시 사랑이 있다고 장담하기는 어렵다.

"요키코…… 나 잘 모르겠어."

요키코가 손을 놓고 내 뺨을 꼬집었다.

"당연하지. 넌 지금까지 한 번도 진지하게 상대한 적이 없으니 모르는 게 당연해."

"요, 요이호…… 아…… 아우……."

"사무에는 사무 능력, 영업에는 영업 능력, 기획개발에는 기획 능력이 필요한 것처럼 섹스에도 능력이 필요해. 단지 앵앵거리기만 하면 다가 아니에요, 이 나무토막 아가씨야."

일을 예로 드니까 이해가 간다.

"요키코 말대로 잘하고 못하고의 문제가 분명히 있는 거 같아."

내가 사무능력은 뛰어나도 초콜릿 기획개발 능력은 없거든.

"그래서 노력하라는 말이 있는 거지."

그, 그렇지.

"너는 초콜릿 기획은 마리야보다 못하다고 생각해서 아예 시도조차 안 하잖아!"

그, 그것도 그렇지.

"그러니까 섹스도 노력 여하에 따라 달라진다는 게 이 요키코님의 말씀."

"하지만……."

어떻게 노력해야 하는데?

"노는 여자가 되어보는 건 어때?"

이 나이에?

"날파리 그림자만큼도 안 좋아하는 남자랑 한번 해본다거
나."

이, 이 암캐……!

─라는 욕설을 나는 꿀꺽 삼켜 버렸다.

9화
해방의 레슨

— 토무 —

"안녕. 버림받은 외계 지적생명체. 기분 어때?

요키코라는 여자가 손을 살랑살랑 흔들며 접근해 온다.

"지금 가는 거야? 토모요도 없는 텅 빈 집에? 어머나~ 무척 쓸쓸하겠다~."

맛없는 여자 지구인이 뭐라고 하든 나는 묵묵히 회사 복도를 걸어간다. 중앙 현관문을 열고 걸어서 일 분만 가면 전철역 개찰구에 도착한다. 기똥차게 편리한 회사가 아닐 수 없다.

아니지, 아니지. 고작 일 분 가지고 편리한 회사라는 칭찬은 너무 과분하다. 나도 모르게 아직 며칠도 안 지났는데 지구 생활에 지나치게 익숙해져 버렸나 보다.

"지금 속 편하게 집에나 갈 때가 아닐 텐데."

멋대로 날 따라오던 맛없는 여자가 내 손에서 PASMO(일본의 선불식 교통카드:역자 주)를 홱 낚아챈다.

"토모요가 어디 있는지 안 궁금해?"

"너네 집에 있겠지."

"어떻게 알았어?"

"초능력."

뭐, 농담이고.

그쯤은 전혀 지적이지 않은 지구인도 쉽게 짐작할 수 있는 부분이다.

"우리 집에 있긴 한데 오늘은 안 들어올 거야."

요키코라는 여자가 씨이익 기분 나쁘게 웃는다. 뭐냐, 저 의미심장한 미소는.

"택시!"

나왔다. 열차보다 편리한 이동수단.

내 마음대로 통계에 따르면 하이힐을 신은 여자일수록 이 이동수단에 탈 확률이 높다. 편견인가?

"어디 가는데?"

"토모요한테."

저런 말을 듣고 나면 그녀를 쫓아가지 않을 수 없다.

"반성하고 있어?"

그녀를 따라 택시에 올라탄 나는 그녀와 조금 거리를 두고 멀찍이 떨어져 앉는다.

"뭐를?"

"억지로 펠라티오 시킨 거."

백 톤쯤 되는 쇳덩어리에 정수리를 가격당한 것 같은 충격이다.

그, 그걸, 어떻게 아는 거냐……!

"여자들은 친구끼리 뭐든 공유하거든. 자신의 몸이나 섹스에 대해서도 다 얘기해. 거의 각혈하기 직전까지, 득음할 기세로."

두렵구나, 여자 지구인들!

"화룡정점이 고등학교 일학년 때. 사회에 나오면 그렇게까지는 아닌데 그 이유는 그럴 상대가 없기 때문이지. 사실 성생활이 따분해지는 건 다 그 때문이야. 서로 그런 얘기를 기피하니까 비교대상이 없어지잖아."

요키코라는 여자가 휴대전화를 꺼내더니 모르는 여자에게 전화를 건다.

"여보세요, 토모요? 곧 도착해. 내 역할은 데려다주는 것까지니까 마음 단단히 먹어."

마치 통보라도 하듯 말을 전하고 단숨에 끊는다.

"뭔 소리를 하는 거야?"

"대화가 부족한 거 같지는 않아?"

"뭐?"

"내 생각에는 외계 지적생명체도 그렇고 마리야도 그렇고 흥분제가 필요해. 매너리즘 방지용으로."

"네가 지금 뭔 소리를 하는 건지 난 모르겠다."

도착했다.

주택가로 들어선 택시가 꽤 큰 건물 앞에 멈춘다. 요키코라는 여자는 문을 열고 나를 택시 밖으로 밀어낸다.

"뭐하는 짓이야!"

"저 건물 301호야."

"뭐?"

"영업부 키리노(桐野) 씨네 집."

"키리노?"

"내 전전전전전전전 남친인데, 섹스에 대해서는 얘기가 좀 통하거든. 부부가 나란히."

내 언어 능력을 총동원해도 여전히 이해가 가지 않는 말을 여자는 주절거리고 있다. 여자 지구인은 우주를 초월하는 건가.

"인간의 부부 문화에 대해 공부해 보고 싶지 않아?"

"부부 문화?"

"뭐, 올라가 보면 알 거야."

맛없는 여자는 알쏭달쏭한 말만 남기고 그대로 택시와 함께 사라진다.

어리둥절하긴 하지만 나는 맛없는 여자가 가르쳐 준 대로 301호로 올라가 보기로 한다.

"어서 오세요."

벨을 누르자 비음 섞인 목소리와 함께 문이 열린다. 현관 문을 열고 들어가 보니 알몸에 달랑 에이프런 한 장만 두른 여자가 나를 맞는다.

"이게 무슨."

저 복장은 어떤 관점으로 해석해야 하는 걸까.

"어이쿠, 어서 와. 마리야. 아니지, 외계 지적생명체 씨. 그 러고 보니 우린 동기인데 부서가 달라서 지금까지 전혀 교류 할 기회가 없었지?"

이번엔 북유럽의 깊은 숲에서 피리라도 불 것 같은 남자가 등장한다.

그런데…… 뭐야!

저것은 남성용 재패니스 란제리!

설마 맛없는 여자가 말한 부부 문화라는 게 이런 거? 모르 겠다. 외계 지적생명체인 나로서는 도무지 이해가 가지 않는 시추에이션이다.

"거실로 안내할게요. 음료는 뭘로? 와인? 맥주?"

에이프런을 걸친 여자가 거실 문을 열며 묻는다.

"토무……."

거실에 들어가 보니, 익숙한 얼굴의 모르는 여자가 소파에 앉아 있다. 나를 보고는 매우 긴장한 표정을 짓는다. 나는 머 리를 쥐어뜯는다.

"설명이 필요한데?"

알몸 에이프런에 재패니스 속옷도 놀라 자빠질 판에 너는 또 왜 난데없이 여고생 체육복을 입고 있는지, 이 엽기 발랄한 상황이 벌어지고 있는 이유가 뭔지, 일사불란하게 설명해 주기를 바란다.

"외계 지적생명체 씨, 소개할게. 이쪽은 내 아내 아이. 오늘은 살짝 부끄럽지만 한 번쯤 해보고 싶었던 판타지를 기획해 봤어. 참석해 줘서 감사해."

기획?!

기획이라는 단어에 솔깃해지는 나.

"어머나, 준이 말한 대로네. 뼛속까지 기획개발자라서 기획 얘기만 나오면 낚일 거라더니."

"대충 설명이 됐지? 외계 지적생명체 씨. 이 기획의 목적은 해방이야."

알몸 에이프런과 재패니스 속옷이 키스를 나눈다.

"돌아가자."

가벼운 키스가 뜨거운 키스로 바뀌어가는 걸 무시하며 나는 모르는 여자의 팔을 잡아당긴다.

"싫어."

싫어, 라고?

"좀 놀아볼래."

여보세요?

"옆길로 새지 않으면 절대 모르는 일이 있다는 걸 깨달았어. 그러니까 해볼 거야."

그녀는 체육복 깃을 꽉 움켜쥐며 강렬한 어조로 말을 덧붙인다.

"진지하게 해볼 거야."

그러더니 소파 위에 발을 얹어 무릎을 세운다. 양쪽 다리 사이로 감색 체육복이 흘깃흘깃 보인다.

"아! 저거 봐, 준(純)!"

에이프런 여자가 키스를 멈추고 교양 없이 나한테 삿대질을 한다.

"외계 지적생명체가 발기했어!"

쓸데없는 소리를 지껄인다.

"그럼 시작할까?"

재패니스 속옷이 싱글싱글 웃으며 모르는 여자의 체육복 사이로 손을 쑥 집어넣는다.

"앗……!"

내 입에서 거의 비명에 유사한 소리가 튀어나온다.

뭐 하는 거냐!

그때, 나의 것을 곁눈질하던 에이프런 여자가 말했다.

"시작하자, 준."

시작하자니, 뭘?!

뭘 시작하자는 거야!

눈을 감으면 안 돼.

요키코가 단단히 주의를 주었다.

'이 사람은 안 돼'라는 건 없다. 그건 그냥 혼자만의 집착이다.

요키코의 가르침은 그러했다. 그러니 더 많은 이들과 관계를 나눠보라는 게 그녀의 지론이었다.

차도녀 콘셉트로 성생활에 대해 일장연설을 늘어놓던 요키코는,

"그래도 역시 매달리게 되는 사람이 있으니 참 이상하지."

라는 말을 덧붙였다.

파도 같은 그녀의 감정선에 멀미가 날 지경이었지만 그녀를 명랑한 성생활을 위한 롤모델로 삼은 이상, 우선 잠자코 따르기로 했다.

날밤을 세워 일장연설을 펼치던 요키코가 내린 결론은 '체험'이었다. 고루한 섹스 끝에 어느새 섹스리스가 되어버린 젊은 커플에겐 화끈한 자극이 필요하다는 것이다.

그로 인해 사이가 험악해지는 부부가 있는가 하면 애정이 깊어지는 부부도 있다고 했다.

시험해 볼래?

요키코의 속삭임은 위험하고도 매혹적이었다.

여자잖아. 여자들이 원래 시험에 약하잖아. 반찬 코너에서 시식하는 건 좋아하면서. 화장품 샘플도 좋아하고. 샘플 이벤트가 눈앞에서 벌어지면 쉽사리 걸려들지.

그런데 요키코!

아무래도 이건 자극이 지나치게 강한 거 아닐까?

나는 유체이탈 중인 토무의 눈치를 살피며 입술을 깨물었다.

"남의 플레이를 함께 즐긴다는 소리는 듣자마자 기절할걸. 하지만 외계 지적생명체는 확실히 토무랑은 다른 것 같으니까 한번 시도해 볼 만하지. 그래도 혹시 모르니까 판을 다 만들어놓은 다음에 끌어들이는 게 좋겠어."

그때만 해도 난 대체 누가 그런 계획에 끼어들겠냐며 반신반의했다. 요키코는 그런 나의 기대 반 걱정 반을 한 방에 날려 버렸다. 다른 건 몰라도 성생활에서만큼은 타의 추종을 불허하는 요키코는 일사천리로 '판'을 꾸몄다. 그것도 반경 일 킬로미터 안에 있던 인물들로.

영업부 키리노 씨 부부.

내 기억으로는 결혼한 지 얼마 되지도 않는 부부로, 키리노 씨나 그의 아내나 부유한 집안의 자제들이라 결혼 당시 동료들의 부러움을 한 몸에 받았던 부부였다.

그런 그들이, 성적으로는 매우 개방적이라 한다. 깨를 볶

아가며 행복하게 사는 걸로 유명한 그들이 섹스 오덕이라는 게 놀랍긴 했지만 어차피 그거야 그들 사정이고 내 알 바는 아니다.

난감한 건 그 후의 일이었다. 그 낯부끄러운 짓을 하고 난 다음 제정신이 돌아왔을 때의 그 뻘쭘함. 안면몰수하고 그 자리는 털고 일어난다 치자. 그래놓고 회사에서 마주치면?!

그러나 입에 거품을 물고 거부하는 내 앞에 나타난 키리노 씨의 태도는 산뜻하고 담백했다.

"와우~ 아이가 좋아하겠네. 그럼 나중에 우리 집에서 봐요, 토모요."

그리고 난 키리노 부부와 산뜻하고 담백하게 함께 퇴근했다.

스펙터클했던 하루를 되새기는 사이, 체육복 윗도리 사이로 커다란 남자 손이 쑤욱 들어왔다.

"꺄악……!"

가랑이가 찌릿해지며 열기가 솟구쳤다.

여고생 체육복 따윌 고르는 게 아니었는데. 그래도 바니걸보다는 품격 있고 상복보다는 순결해 보이니까 뭐. 토무한테도 노골적으로 드러내는 것보다 이렇게 은근한 섹시함이 먹힐 것 같아 고른 건데 후회스러웠다. 아니, 이 상황 자체가 후회스러웠다.

나는 가랑이 사이를 살짝 내려다보았다. 안 그런 줄 알았는데 이게 묘하게 외설스럽다.

"아!"

키리노가 체육복 바지를 잡아당겼다. 그 바람에 체육복 원단이 가랑이 사이에 쓸렸고 가뜩이나 스멀스멀 열이 오르는 그곳이 더욱 뜨끈해졌다.

"이거 봐, 아이(愛). 이쪽도 완전 젖었어. 체육복 바지 좀 보라고."

정말로 바짓가랑이 사이에 얼룩이 져 있었다.

"대단하다. 역시 체육복은 속옷 없이 바로 입는 게 요령이라니까. 와……!"

그러자 키리노의 아내 아이가 소스라치게 놀라며 소리쳤다.

"불룩, 했어! 지금 외계 지적생명체의 요기가 불룩, 하고 더 커졌어!"

토무와 눈이 마주쳤다.

화났나? 날 경멸하는 걸까? 눈만 봐서는 그가 무슨 생각을 하는지 알 길이 없었다.

토무가, 아니지, 정확히 말해 외계 지적생명체가,

"문화…… 문화…… 문화……."

큰 소리로 같은 말을 반복했다. 저것은 영혼이 분리되고 있는 증상이 틀림없다.

"처음엔 다들 이러는 거 같아, 준."

아이가 피식 웃었다.

"하긴 나도 처음엔 깜짝 놀랐으니까. 딴 사람이 우리가 하는 걸 본다는 게."

그녀는 살짝 남편에게 다가오더니,

"그래도."

그녀는 싱긋 웃었다.

"마지막엔 꼭 이런 생각을 하게 돼. 빨리 준이랑 하고 싶다."

그녀가 몸을 돌려 키리노의 입술을 핥았다.

토무는 그저 멍한 눈길로 보고 있었다.

"준도 토모요를 핥아줘."

네?

"아, 아, 안 그래도 돼! 그렇게까지는!"

"사양 마. 그래야 시작하지. 안 그래, 준?"

뭐라고?!

핥는 것부터 시작?! 보통 그런 건가?!

그게 기본 플레이에 속한다는 생각은 못해 봤는데? 그게 기본 코스라고?! 그래?!

머릿속에 느낌표와 의문부호가 점점이 새겨졌다.

그리고 그러는 사이 체육복 바지가 벗겨지고 속옷도 벗겨졌다.

남은 건 체육복 상의와 양말뿐.

이게 뭐야!! 이 낯뜨겁고, 민망하고, 창피한 상황은 뭐냐고! 부끄러워서 죽을 것 같아!!

"자, 다리 벌려봐."

키리노가 내 무릎 뒤에 손을 넣고 다리를 활짝 벌렸다.

"시, 싫어……."

그러나 거부의 말은 연기처럼 사라졌고 내 다리는 활짝 열리고 말았다. 키리노는 손가락으로 가랑이 사이에 자리한 꽃잎을 하나하나 벌렸다.

"토모요, 벌써 많이 젖었어."

허벅지 안쪽에 키리노의 머리카락이 닿았다.

"저, 저기……."

멈춰달라고 말할 참이었는데,

할짝.

뜨거운 혀가 그곳에 닿자 온몸에 전기가 오르며 입이 턱 막혔다.

"하아."

미끈하면서도 오돌도돌한 감촉에 등줄기가 빳빳해졌다. 키리노의 머리가 내 다리 사이에 파묻혔고 그의 어깨 너머로 토무가 보였다.

토무의 눈이 나를 향했다. 풀로 붙이기라도 한 듯 그의 얼굴에서 시선이 떨어지지 않았다. 우리는 그렇게 서로를 마주

했다.

춥춥. 적나라한 소리가 귓가를 채웠다.

이상하다.

나를 만지고 있는 사람은 키리노인데, 희한하게도 토무가 날 애무하고 있는 것 같은 기분이 든다.

샘을 이룬 입구 사이로 뾰족한 혀가 침입했다.

춥춥 춥춥. 키리노는 요란한 소리를 내며 혀를 움직였다.

참 이상하다.

왜 토무밖에 안 보이는 걸까.

왜 토무밖에 생각나지 않는 걸까.

손이 멋대로 움직인다.

체육복 상의를 올리고 키리노의 손을 잡고 꼿꼿하게 솟은 알갱이를 만지게 한다.

정말 이상하다.

이건 토무가 해주기를 바라는 건데.

샘 웅덩이가 출렁인다.

어떻게든 해주지 않으면 가라앉지 않을 텐데.

그런데 어떻게 해야 하는 걸까.

아니, 난 알고 있다.

젖꼭지를 쥐고 있는 손가락은 그대로 두고 키리노의 또 다른 손을 이번엔……,

"토모요. 손가락을 원해?"
웅덩이로 인도했다.

토무에게도 이랬어야 하는데.

10화
타인과 절정을 맛보다

— 토무 —

초콜릿처럼 달콤 쌉싸름한 내음과 맛이 나는 계곡 속으로 손가락 세 개가 침투한다.

내 손가락이 아니다.

다른 손가락이 저 계곡을 맛보고 있다.

손가락이 밖으로 나올 때마다 맨들맨들 빛나는 물방울이 흘러내린다.

그 손가락이 다시 안으로 들어갈 때마다,

"하아…… 아아……."

모르는 여자가 응답한다.

묘한 기분이다.

모르는 여자의 음성에 맞추듯,

"아."

나도 소리를 흘린다. 알몸에 에이프런만 걸친 여자가 스리슬쩍 내 주변을 맴돈다. 젖가슴이 닿기도 한다.

이유는 나도 모르겠지만 그녀를 밀어내지 못하고 있다.

부부 문화. 재패니즈 란제리.

모든 단어가 머릿속에서 뱅글뱅글 회전한다. 그 말의 의미와 이 상황을 어떻게든 이어보려고 내 사고회로가 맹렬히 움직이고 있다. 그러나.

아……!

나를 쳐다보며 거푸 나른한 소리를 내는 모르는 여자 때문에,

눈앞을 왔다 갔다 하는 에이프런 여자 때문에,

때때로 내 시야에 들어왔다 사라지는 재패니스 속옷 때문에,

도무지 생각이란 걸 할 수가 없잖아!!

내 몸 안에서 빅뱅이 일어나는 것만 같다.

오! 빅뱅 초콜릿을 기획해 볼까?

아니지, 지금은 태평하게 초콜릿 생각이나 할 때가 아니다.

지금은.

인간의 부부 문화란 것에 당해서 외계 지적생명체인 이몸

이 폭주하고 있다.

무언가 불끈불끈한 것이 솟아오르지만 그것을 어떻게 해결해야 할지는 감이 잡히지 않는다. 알몸 에이프런 여자를 건드려 볼 생각은 들지 않는다. 그저 몸 안에서 계속해서 무언가가 울컥울컥 솟아나온다.

"그럼 넣을게."

재패니스 속옷이 바닥에 벌렁 드러눕더니 모르는 여자를 자기 몸 위에 태운다.

"하아! 안 돼! 이거까지는!"

소리치지만, 힘을 이기지 못한 모르는 여자는 재패니스 속옷의 몸에 걸터앉아 몸을 뒤로 꺾는다.

말려 올라간 체육복 아래에서 탱글탱글한 젖가슴이 출렁거린다.

모르는 여자의 생식기가 얼마나 젖어 있는지 훤히 보인다. 까만 숲 아래로 흐르는 말간 액체까지 선명하게 보인다.

"안 돼, 토무. 보지 마."

모르는 여자가 앙탈을 부려보지만 저야말로 나에게서 시선을 떼지 못하는 주제에 남말 하고 있다.

"아, 아, 아!"

"흐윽……"

서로를 보며 똑같이 소리를 내지른다.

이번엔 상대의 눈을 들여다본다.

묘하다…….

모르는 여자의 눈을 보는 것만으로도 몸에서 불길이 휘몰아친다.

알몸 에이프런이 덩달아 흥분한 채 바닥을 기어 그들에게 다가갔다.

"하아! 좋아! 준, 사랑해. 준, 키스해 줘."

양손으로 바닥을 짚은 여자가 바닥에 누워 있는 남자를 찾는다.

재패니스 속옷이 팔을 뻗어 알몸 에이프런의 머리를 쓰다듬는다.

진득한 키스를 끝낸 남자가 격정적으로 출렁거리는 모르는 여자의 젖가슴을 향해 손을뻗는다.

위아래로 흔들리는 그녀의 젖가슴을 양손으로 받치듯이 잡는다.

"아아…… 기분이……!"

"훌륭해……."

엄지로 젖꼭지를 건드려 본다. 부드러운 젖가슴에 손가락이 파묻힌다.

입이 마르는지 모르는 여자가 혀끝으로 입술을 축인다.

저 입술이 내 입술을 빨아주면 얼마나 좋을까.

몸이 이어진 건 알몸 에이프런인데 키스하고 싶은 건……

이 모르는 여자다.

참지 못하고 남자에게서 모르는 여자를 빼앗아든다.

그가 아쉬워하든 말든 그녀를 데리고 가 끌어안는다.

늘 그렇듯이 여자의 입술에서 초콜릿 맛이 난다. 빨아들인 여자의 입술에서 한숨과 함께 끈적한 말이 스며나온다.

"어떡해어떡해어떡해. 기분이 좋아, 토무. 잘은 모르겠는데 너무 좋아…… 이런 걸…… 다들 하는 걸까…… 하아, 그래도 좋아…… 어쩌지…… 미쳐 버릴 것 같아……."

영문을 모르겠다.

위대한 지적생명체인 나도 모르는 건 모르는 거다.

지금 내가 아는 건 모르는 여자의 달짝지근한 음성을 더 듣고 싶다는 거다.

나는 모르는 여자의 젖가슴을 더 세게 쥔다.

저편에서는 부부라는 두 사람이 서로를 향해 달려들고 있다. 그러든 말든 무시한다. 흥분은 시켜주었지만 이 여자를 더 이상 내어놓고 싶지는 않다.

아아, 이것이 지구의 부부 문화인가!

우주와 비슷하다.

광활한 우주에는 그 어떤 장애물도 없다.

끝없이 자유롭다.

그렇게 생각한 순간.

나의 의식도, 몸이 느끼는 쾌락도.

어딘가 멀리 날아가는 느낌이 들었다.

아, 이 감각은 전에도 체험한 적이 있다.

그렇다.

블랙홀에 빠질 때와 유사하다.

설마…….

다른 문화를 체험해서인가……?!

설마 이대로 인간들 틈에 섞인 채…… 외계 지적생명체인 나는 영영 사라져 버리는 건가.

— 토모요 —

어떻게 이렇게 남부끄러운 짓을…….

섹스리스였던 나와 토무가(외계 지적생명체지만) 이런 경험을 다 할 줄이야…….

하지만 이로써 우리도 조금은 변할지도 모른다.

그렇게 태평한 생각을 하고 있었다.

너무 안일했나?

"……토모요……?"

멀리서 좀비떼가 다가오는 모습을 목격했을 때, 혹은 쓰나미가 닥쳐오고 있는 모습을 목격했을 때, 토무라면 아마도 딱

저런 음성으로 내 이름을 부르지 않을까. 그리고 '달아나!' 라고 외칠 것이다. 아마도 이 정도 데시벨로.

"토모요……! 이, 이게 무슨 일이야!"

이루 말할 수 없는 쾌감이 절정으로 치닫던 순간,

대형 사고가 터졌다.

"키, 키키키키키키리노랑 아이 씨, 토모요, 이게 다 뭐야!!!"

입사식 때 딱 한 번 인사를 나눈 게 전부인 키리노를 정확히 기억하고 있다니. 과연 토무답다.

소파 너머의 공간에서 흐뭇하다는 듯 미소를 짓고 있던 키리노 씨 부부가 그의 목소리를 듣고 이쪽을 보더니 고개를 갸웃거렸다.

"이건……."

토무는 무슨 상황인지 알 수가 없는 모양이었다. 당연하다. 그동안 우리가 이러한 의상을 입고, 타인이 있는 곳에서 사랑을 나눈 적은 없으니까.

그러나 난 멈출 수가 없다.

나 역시 말랑말랑하게 녹은 뇌를 원상태로 되돌릴 자신이 없었다.

나는 허리를 뒤로 빼는 토무의 목에 매달렸다.

"아, 좋아. 좋아서 죽을 것 같아. 더 해줘. 더."

"위, 위험, 자, 잠깐, 토모요……!"

그 말을 들은 나는,

"죽을 것 같아, 아, 안 돼, 토무! 나 기절하겠어! 토무도 같이 느껴봐! 같이!"

난생 처음이라도 해도 좋을 만큼 격렬한 키스를 토무에게 퍼부으며, 그의 위에서 절정을 맛보았다.

토무의 영혼이 빠져나간 것 같다.

"그래도 사정은 했으니까 찝찝한 건 없을 거야."

아이는 그렇게 말하며 남편에게 달려들었다.

"준, 이제 우리끼리 즐기자."

"그래야지. 두 분은 알아서 살펴가."

라며 경쾌하게 손을 흔드는 키리노 씨.

키리노 부부는 아예 넋이 나간 토무는 본 척도 하지 않고 소파 위에서 2탄에 돌입했다.

찐득하고 농염한 키스로 시작된 키리노 부부의 섹스.

"아이, 어디가 제일 기분 좋았어?"

"으음, 갑자기 삽입한 순간, 그때가 제일 좋았어."

섹스로 대화의 창을 여는구나⋯⋯. 무서운 인간들⋯⋯.

"그럼 나도 다음엔 불시에, 벼락같이 넣어보겠어. 역시 의외성이 중요해."

"우리 준은?"

"나는 말이지. 좀 전에 토모요 씨랑⋯⋯."

저, 저게…… 부부의 일상대화인가……?! 아니면…… 키리노 부부가 별난 건가……?!

체육복을 벗고 내 옷으로 갈아입자 토무도 반쯤 정신이 나간 상태로 옷을 정리하고 있었다.

어찌나 민망한지…… 눈을 마주할 수가 없었다.

"실례…… 많았습니다……."

우리가 현관에서 신을 신을 때쯤 키리노 부부는 사랑과 성에 대해 다양한 대화를 시도하느라 여념이 없었다.

우리는 얌전히 키리노 부부의 집을 나섰다.

아직 열기가 식지 않은 몸으로 밤거리를 걸었다.

"토모요."

토무의 목소리는 그 어느 때보다 싸늘했다.

"응."

무슨 일이냐고 묻는다면 뭐라고 설명해야 할지 난감했다.

"대체 무슨 일이 일어난 건지 모르겠어."

"……그렇겠지."

"왜 우리가 그런 짓을 저지른 건지 이해가 안 가."

"……그렇겠지."

"지금 남 얘기하는 게 아니잖아!"

토무가 처음으로 언성을 높였다.

"토모요가 그런 꼴로 그렇게 난잡한 소리를 내고, 게다가 키리노 씨 부부 앞에서 하다니 믿을 수가 없어. 변태 같아! 최근 들어 뭔가 이상하다는 생각은 했지만 설마 날마다 그런 짓을 벌인 건 아니겠지?"

토무가 내 어깨를 우악스럽게 잡고 흔들었다.

아프다. 아프다. 아파, 토무.

"몇 번이나? 지금까지 몇 번이나 이런 일을 벌였어? 누구지? 토모요가 그렇게 밝히는 여자였어? 아니면 내가 싫어진 거야? 그럼 언제든지 헤어져 줄게. 어차피……! 어차피 난 제대로 섹스도 못하는 놈이니까!"

맙소사.

대체 뭐라고 대답해야 하지?

11화
나도 모르는 나

— 토무 —

"당연히 시시하겠지. 쿤닐링구스(남성이 여성에게 해주는 구
강성교:역자 주)도 제대로 안 해주는 남자랑 자는 건 가방 안
들어주는 벨보이, 단팥 없는 찐빵, 젖꼭지 새까만 아이돌, 팬
티 입은 창녀랑 똑같다고."

그 말인 즉?

"말도 안 돼."

구내식당에서 그렇게 큰 소리로 할 얘기는 아닌 거 같아,
요키코.

"시선이…… 따갑다……."

"왜? 당당하게 섹스 얘기를 하는 것뿐인데. 신경 쓸 거 없어."

요키코는 거칠 것 없이 제 할 말을 하고는 씩씩하게 국수를 먹었다. 국물이 호쾌하게 튀어 내 와이셔츠 소매에 자국을 남겼다.

"겨우 그런 일 정도로 징징거리지 마."

"아니, 그게 아니라……."

요키코처럼 무섭도록 개방적인 부류를 제외한 일반인에게는 충분히 충격적인 일이다. 하지만 내 걱정은 다른 데 있었다.

대체 무슨 일이 있었는지는 모르겠지만, 짐작이 가는 일이 있다.

토모요에게 섹스 재능이 충만한, 속궁합 끝내주는 누군가가 생겼을지도 모른다는 것이다.

주절주절 걱정을 늘어놓자,

"커어어어어억!"

요단강 건너는 소리를 내는 요키코 양.

"반응이 정말 확실하고 명확하고 분명하다, 요키코."

그녀는 콜록콜록 잔기침을 하더니,

"물물물!"

내 컵에 있는 물까지 깨끗이 비워 버렸다.

하아…… 역시 슬픈 예감은 틀리지 않는구나.

"요키코도 아는 놈이야? 그 녀석이 어떤 식으로 여자를 홀리는지 혹시 알아? 아니, 토모요는 그런 얘기는 안 하려나?

전에 보니까 토모요 대단하더라고. 침까지 막 흘리고 가슴도 막 흔들고. 젖꼭지도 빳빳하게 세우고 거기는 엄청 젖어 있었어. 미칠 듯이 귀여운 소리로 갈 것 같아아아!"

"그 입 닥치라!"

요키코가 물수건으로 내 입을 틀어막았다.

"여긴 회사야. 잊었어?"

얘기를 이렇게 끈적끈적하게 만든 건 자넬세, 라고 항의하고 싶었지만 나는 가련하게 한숨만 내쉬었다.

위가 따끔따끔하다. 가슴도 욱신거린다.

그럼에도 불구하고 난 아무렇지 않은 척 오후에 잡혀 있던 기획회의에 참여했다.

"제가 이번에 제안하는 상품은."

프로젝터에 투영된 것은 그 이름도 거창한 빅뱅 초콜릿. 토모요의 화끈한 모습을 보고 충격 받은 내 머릿속을 형상화한, 나름대로 애절한 비하인드 스토리를 가진 상품이다.

"여기서 빅뱅이란 '시작'을 뜻합니다. 본래 하나의 별이 삶을 끝내고 먼지가 되어 사라졌다가 다시 모여 새로운 혹성을 만들기 위해 빅뱅이……."

열과 성의를 다해 설명을 하다 보니 가슴이 뻐근해지며 뜨끈해졌다.

그래. 하나가 끝나고 다시 하나가 생긴다. 사랑도 그런 식으로 새로 시작되는 거다. 토모요와 나의 별은 이제 끝나 버렸다.

"마리야 씨, 마리야 씨!"

나도 모르게 멍하니 서 있었는지 기획부장이 내 이름을 불렀다.

"아, 죄송합니다."

나는 솟구치는 눈물을 참으며 회의실을 박차고 나갔다.

나는 어른이다. 어른인데…… 애인이 바람 좀 피웠다고 회의 중에 화장실로 뛰어가 변기를 부여잡고 통곡하는 꼴이라니!

토모요가 헤어지자고 하면 산뜻하게 그러마고 답하자. 쿨하게, 어른스럽게. 멋진 남자의 모습을 보여주는 거다.

그렇게 생각한 순간,

요키코가 귀띔해 준 정보가 떠올랐다.

「그게 말이지, 상대가 좀 막무가내라나 봐. 이른바 짐승남! 토모요가 거기에 딱 꽂힌 게 틀림없어. 이건 내 생각이지만, 그건 마리야랑 딱히 차이가 없을 거야.」

그, 그거?

「마리야 주니어.」

토모요가 모르는 남자와 그렇고 그런 짓을 하며 몸부림치는 장면을 상상하자 머릿속에서 폭발이 일어나는 것 같았다.

「화낼 거 없어. 제대로 사랑해 주지 않은 네 책임이니까.」

그래도 동거까지 하는 마당에 다른 남자한테 눈을 돌린 건 변명의 여지가 없는 거 아닌가?

「자신을 원한다는 느낌만큼 여자에게 행복을 주는 건 없어. 다정한 섹스 따윈 엿이나 먹으라지!」

아니, 왜?! 다정한 남자를 제일 좋아한다기에 죽도록 노력해서 지금의 내가 됐는데!!

생명줄처럼 부여잡고 있던 변기뚜껑에서 얼굴을 번쩍 들었다.

다정함이 최고가 아니었나……?

눈물범벅이 된 얼굴을 소매로 닦으며 냉정하게 말해보았다.

"짐승남이라고. 거기에 딱 꽂힌 거라고."

짐승남……?

나가려는 여자의 팔을 홱 낚아채 벽치기 같은 걸 하면서 뼈가 으스러지도록 끌어안고 키스해 버리는 거?

나만 보란 말이야! 라고 외치면서 번쩍 안아 드는 거?

……내가? 에이, 설마.

개가 트위스트를 추는 것만큼이나 불가능한 일이다.

냉정하게 생각한 끝에 내가 내린 결론은, 바라마지 않지만 나는 짐승남이 될 수 없다! 라는 것이었다.

나는 간단히 세수를 하고 화장실에서 나왔다. 그런데 하필이면 그때, 화장실에서 나오던 토모요와 마주치고 말았다.

"아."

흠칫하는 그녀와 똑같이,

"아."

나도 똑같은 소리를 냈다.

그녀는 입을 깨물더니 내게서 시선을 돌렸다. 내려앉은 속 눈썹이 참 길었다.

안 그래도 요즘 들어 왜 그렇게 요염해 보이는지 내내 이 상하다 했다. 내 예감은 제대로 적중했다.

당신은 어쩌면 다른 사람에게 안기고 있었을지도 몰라.

그런 생각이 들자 눈물 나도록 좋아했던 토모요가 누구보 다, 무엇보다 증오스러워졌다.

아까까지만 해도 내 몸이 눈물로 만들어진 것은 아닐까 의 심스러울 만큼 하염없이 눈물을 쏟았었는데, 지금은 토모요 에 대한 애정으로 만들어진 게 아닐까 싶을 만큼 그녀에 대한 복잡한 감정들이 미친 듯이 꿈틀거렸다.

"저기…… 토무……."

"회사에서는 말 걸지 않으면 좋겠어."

어, 방금 이 말을 한 게 나인가?

애정과 질투심이 뒤섞여 새로운 내가 탄생한 듯했다.

설마 이것이 바로 빅뱅?

"토모요는 속궁합이 맞는 상대와 바람피우느라 바쁠 테니 어차피 나한테 말 걸 시간도 없잖아?"

손가락이 멋대로 토모요의 머리카락을 움켜쥐었다.

"아야, 토무…… 왜 이래?"

"헤어지고 싶으면 그래, 좋아. 나는 헤어지고 싶지 않지만 토모요가 원한다면 할 수 없지. 토모요가 그렇게 변태처럼 구는 걸 보니까 정말 경멸스럽더군. 솔직히 당신이 그렇게 음탕한 여자인 줄도 몰랐고."

뜨아악, 요 입이! 귀신이라도 붙은 거야?! 왜 이래?!

"아니야, 토무. 설명하고 싶어. 진지하게 얘기하고 싶어."

그래, 제대로 얘기해 보자.

평소의 나라면 틀림없이 그렇게 대답했을 것이다.

하지만 그녀가 다른 사람과 뒤엉켜 있는 모습이 떠오르는 바람에 정신이 혼미해지면서 엉뚱한 소리가 튀어나왔다.

"나한테 말 걸지 말라고 했을 텐데."

꽉 움켜쥐고 있던 머리카락을 놓아주고 이번엔 그녀의 치마를 틀어잡았다.

"그래도 나랑 꼭 얘기해야겠다면 이 안에 입은 속옷을 벗어던지고 와. 속옷 안 입고 출근하기. 그거 해보라고. 그쯤은 변태 토모요한테는 별거 아니겠지?"

손가락으로 치마를 꼬아 올리자 그 아래로 가터벨트가 드러났다.

"한동안 요키코네 집에서 지내는 게 좋겠어. 얼굴 보고 싶지 않아."

나는 올이 나갈 만큼 스타킹을 잡아 비틀었다가 놔주었다.

토모요의 눈에 눈물이 글썽였다.

무언가가…… 내 몸 밖으로 빠져나갔다. 내 안에 이토록 심술궂은 면이 있는 줄은 나도 미처 몰랐다. 이건 나면서 내가 아니다. 하지만 역시 내가 맞다.

토모요에 대한 질투가 나를 다른 사람으로 만든 것이다.

아, 이것이 나의 빅뱅이다!

— 토모요 —

토무가 그러는 건 처음 본다.

오해를 풀어야 한다.

요키코의 방정맞은 입이 토무에게 무서운 오해를 심어주었다. 내가 다른 사람과 바람을 피우고 있으며 심지어 섹스까지 하고 있다고.

요키코는 왜 그렇게 문란한 이미지를 토무에게 심어준 걸까?

죽음을 각오하고 전장에 나서는 전사와 같은 마음으로 나는 가장 좋은 스타킹을 골라 신었다.

가터벨트를 차고 하얀 블라우스를 입은 다음 출근용 타이트스커트를 입었다.

몸에 착 붙는 치마를 빳빳하게 펴고 지퍼를 올렸다. 전신

거울에 비치는 내 모습이 사뭇 비장해 보였다.

오해를, 오늘이야말로 반드시 오해를 풀리라.

지금까지 몇 번인가 시도해 보았으나 그때마다 토무는 번번이,

「치마 올려봐.」

그런 요구를 했다.

그리고 내가 하얀 속옷을 보여주면,

「얘기할 마음이 없군.」

주저없이 발길을 돌려 버렸다.

세상에…… 그게 진심일 줄은 몰랐다. 몇 번인가 실패를 거듭한 뒤에야 나는 속옷을 벗고 오라는 토무의 말이 진심이었다는 것을 깨달았다.

그렇게 심술이 가득한 토무의 얼굴은 처음 보았다.

그렇게 차가운 토무도 처음 보았다.

결단코 나를 용서하지 않겠다는 태도. 완고하면서도 끝이 보이지 않는 냉정함. 온화하고 배려심이 많고 성실한 토무는 온데간데없었다.

상황이 요상하게 꼬여 버렸다. 처음에는 토무가 뜬금없이 자기가 외계 지적생명체라고 칭하면서부터 일상이 들썩이기 시작했다.

그런데 어떻게 된 게 지금은 내가 음탕한 여자로 전락해 버린 것이다.

묘하게 억울하긴 하지만 지금은 푸념이나 하고 앉아 있을 때가 아니다.

그렇다.

오늘은……

"치마 올려봐."

마침내 내가 큰맘을 먹은 날이지 않은가. 나는 침을 꿀꺽 삼키고 천천히 치마를 들어 올렸다.

스타킹이 보이고 가터벨트가 보이고 그리고…….

"흐음, 오늘은 속옷 벗고 왔네."

토무가 싸늘한 눈으로 그곳을 응시했다.

업무시간이 끝나자 직원들은 썰물처럼 빠져나갔다.

그래도 몇몇 야근자가 남아 있어 아직 불이 꺼지지 않은 사무실은 꽤 되었다. 오늘 일정이 모두 끝난 회의실 밖에서도 간간히 사람들이 오가는 소리가 들렸다.

혹여 누군가 회의실 문을 열어젖히는 건 아닐까 두려웠다. 하지만 그만큼 스릴도 있었다. 입안이 바싹바싹 타들어갔다.

"역시 토모요는 변태가 맞는 거 같아."

그는 벌떡 일어나 회의실 문을 잠갔다.

"이제 내 얘기를 들어주는 거야?"

토무는 의자에 털썩 앉더니 심드렁하게 대꾸했다.

"치마 내리라고 안 했는데."

생각지도 못한 전개였다.

"뭐?"

"스커트."

"보여줬으니까 됐잖아. 속옷 안 입고 왔어."

"내가 언제 내리라고 했지? 계속 올리고 있어."

"토무, 우리 얘기하자."

"할 거야. 그러니까 치마 올려. 내리면 얘기 안 해."

토무가 왜 저러지? 왜 저렇게 막무가내로 구는 거야. 저런 성격이 아닌데? 갑자기 왜 저러는 거야? 지금은 외계 지적생명체도 아니잖아.

"아, 알겠어."

나는 치마를 다시 올렸다. 회의실 창밖으로 석양이 스며들어 거뭇한 그곳을 비추었다

"이제 됐지?"

"응. 위는?"

"뭐?"

"속옷 입지 말라고 했잖아. 브래지어도 안 한 거 맞지?"

그건…….

"블라우스 단추 풀어봐."

그래, 뭐든 해봐. 나는 마음을 단단히 먹었다.

블라우스 단추를 세 개 풀고 가슴골을 보여주었다.

"이제 됐지?"

"블라우스 밖으로 꺼내."

"······뭘?"

"가슴 말이야. 양쪽 다. 치마는 올린 채로. 자기 손으로 직접 꺼내, 토모요."

토무가 보이는 급격한 변화에 현기증이 날 정도였다.

지금까지 보아온 토무와도 외계 지적생명체 토무와도 다른, 전혀 별개의 토무가 존재하는 것 같았다.

오늘 아침 집을 나설 때 요키코가 했던 말이 떠올랐다.

「토모요, 좀 이상하다? 얼굴이 발그스름한 것이 색기가 가득해.」

별거 아냐. 그저 속옷을 안 입은 것뿐.

별거 아냐. 그저 블라우스가 비쳐서 젖꼭지가 보이는 건 아닌가 걱정이 되는 것뿐.

별거 아냐. 이제야 드디어 토무와 얘기를 하게 됐다고 생각하는 것뿐.

유난히 묵직하게 느껴지는 가슴을 한쪽 손으로 블라우스 밖으로 내놓았다.

"이제······ 됐어······?"

허벅지에, 가슴골에, 오렌지빛 석양이 드리워진다.

몸이 뜨거워지는 건 필시 그래서다.

블라우스와 스커트를 헤치고 은밀한 부분을 드러낸 나를 토무가 의자에 앉아 유심히 지켜보고 있었다.

"대단하네, 변태 토모요. 창피해하면서도 느끼나 보지?"

"난 얘기를 하고 싶을 뿐이야……."

똑바로 서 있는 것도 힘들었고 가랑이 사이도 뻐근했다.

"그러셔? 그럼 딱히 별 느낌이 없나 보네? 나 같은 걸로는 성에 안 찬다는 건가?"

"그런 거 아니야. 저기, 토무. 처음부터 설명할게. 난……."

"책에서 읽은 건데."

토무가 내 말을 잘랐다.

"어……?"

"이혼을 원하는 아내는 헤어지기 위해 남편이 그 어떤 억지 요구를 해도 모두 수용한대. 헤어지고 싶은 일념으로. 그래서 토모요도 지금 이렇게 수치스러운 꼴을 감수하고 있는 거겠지?"

"난 헤어지고 싶다는 말 한 적 없어."

"그래도 바람피웠잖아?"

그래서 설명하겠다는 거다. 그걸 바람이라고 해야 할지 어떨지, 토무가 판단해 주길 바란다.

"난 바람피웠다고 생각 안 해. 왜냐면, 왜냐면."

소리를 빽 지를 뻔했다.

가슴 끝으로 날카로운 통증이 느껴져 다리가 휘청거렸다.

"토무…… 아파……."

토무의 손가락이 유두를 잡아당겼다.

고개를 들자 그와 시선이 마주쳤다.

얼음조각처럼 차가운 눈. 역설적이게도 그 차가운 눈이 나를 태워 버릴 것처럼 뜨겁게 느껴졌다.

"바람이라고 생각하지 않는다고? 그게 무슨 뜻일까? 바람이 아니면 진심이라는 거야?"

그가 젖꼭지를 비틀었다.

"아! 아파! 아프다고, 토무……."

아프다. 토무의 야멸찬 말도 가슴을 후벼파는 것처럼 아프다.

"토모요가 이런 소리 내는 거 처음이야. 진짜 변태 같다. 젖꼭지를 꼬집는데 느끼는 거잖아."

아랫도리 저 깊은 곳이, 그곳이…… 욱씬욱씬, 찌릿찌릿…… 아찔한 통증이 극렬하게 꿈틀댄다.

"싫으면 날 뿌리치고 나가면 되잖아. 실은 이런 거 좋아하는 거지?"

나도 모른다. 토무가 이러는 건 처음이니까…….

"바람핀 상대와 어떤 식으로 섹스했는지 말해봐. 내가 일하는 사이에도 했어? 내가 자는 사이에도? 토모요가 바람핀 상대가 대체 누구야!"

집요하게 추궁하며 토무는 다른 한쪽도 꼬집었다.

"아, 아파…… 아아……."

아픈 건지, 좋은 건지, 나도 모르겠다. 온갖 감정들이 뒤섞인 감각이 내 가슴 한가운데로 모여들었다.

"변태 토모요, 소리 좀 죽이는 게 좋을 거야. 누가 복도를 지나가다가 들으면 어쩌려고 그래? 어쩌면 부장님일지도 모르는데. 아니면 사람들한테 토모요가 변태라는 걸 알리고 싶어서 일부러 그래?"

아니야. 아니야. 나도 모르게 그만…….

"나도 모르게 나오는…… 아……!"

그의 손이 양쪽 가슴에 솟은 과실을 세게 비틀었다. 이렇게 아플 만큼 그곳을 자극받은 적이 없어서 견디기가 힘들었다.

그저 젖꼭지만 만졌을 뿐인데 이러다가 정신을 놓을 것만 같았다.

하지만 그런 일은 일어나지 않았다.

토무가 그렇게 해주지 않았다.

그의 손가락이 떨어지고 절정으로 치닫고 싶어 하는 내 몸만 남았다.

"아…… 토무……?"

"움찔거리는 꼴이 꼭 가버릴 것 같은 기세라 멈춘 거야. 토모요는 내가 아니라 바람핀 상대가 보내 주길 바랄 거 아냐. 나하고의 섹스 따윈 지겨워하니까. 억지로 그러지 않아도 돼."

토무가, 토무가……

점점 더 사악해지고 있다.

12화
그만, 아니, 계속해

— 토무 —

"뭐야? 몸이 뜨거워? 느끼고 싶다고? 안 그러는 게 좋을 걸. 치마 내리지 말라고. 계속 올리고 있어. 옳지."

토모요의 몸이 쾌락을 갈구하며 미묘하게 뒤틀렸다.

가랑이를 만져 주길 바라는지 토모요의 다리가 후들거리며 움직였다.

"허리가 뒤틀리네, 토모요. 똑바로 서. 그렇게 원하면 본인이 직접 하지?"

이런 식으로 토모요에게 상처 줄 마음은 추호도 없었다.

그런데도 생각나는 대로 지껄이며 토모요의 가슴에 생채기를 내고 있었다. 하지만 토모요는 내가 쏘아대는 화살들을

묵묵히 감당해 냈다.

혹시 바람핀 데 대한 죄책감 때문일까?

불쑥 그런 생각이 들자 심술이 다시 고개를 쳐들었다. 토모요가 저항하면 나도 정신을 차릴 텐데.

그래도 조금만 더. 아주 조금만 더. 저항하지 않기를 바라는 마음도 있었다.

왜냐면,

이토록 고혹적인 토모요는…… 본 적이 없으니까.

나는 웅크리고 앉아 흐트러진 모습을 한 토모요를 밑에서 관찰했다.

스타킹을 신은 채 치마를 올리고 있는 토모요. 그 아래로 새까만 수풀이 오롯이 보였다.

블라우스 밖으로는 탐스러운 가슴이 터질 것처럼 얼굴을 내밀고 있었다.

투욱. 회의실 바닥에 깔아놓은 비닐장판 위에 토모요의 몸에서 흘러내린 꿀물이 흔적을 남겼다.

"토모요, 흠뻑 젖었다."

흥분한 몸을 진정시키려고 눈을 감고 있는 토모요에게 넌지시 말을 건넸다.

"눈을 뜨고 봐봐. 아래가 이렇게 젖었어. 끈적끈적하게 흘러내리고 있어."

실눈을 뜨고 나를 보는 토모요의 눈에 눈물이 차올랐다.

사랑스럽다. 이렇게 사랑스러운 토모요가 나 아닌 다른 놈의 여자가 된 건가.

"토무…… 내 얘길 들어줘……."

네 사랑 얘기를 들어달라고?

촉촉하게 젖은 풀 끝을 입술로 물어 살짝 당겼다.

"흐읍……!"

민감해진 살집이 벌어지자 엉덩이가 움찔움찔 경련을 일으켰다.

아, 달콤하다. 수풀 깊은 곳에 코를 대자, 토모요의 냄새가 났다.

"토모요, 똑바로 서야지. 자, 어서. 똑바로 서란 말이야."

약이 잔뜩 올랐을 작은 알맹이에 닿지 않도록 조심하며 살집 사이를 조금 벌려보았다.

"하아…… 그러지 마……."

핑크색 계곡. 토모요의 계곡. 평소엔 불을 끄기 때문에 좀처럼 보지 못했던 곳이다.

왜냐면 그녀가 보지 말라고 했으니까. 그래서 몸에서 사리가 나오도록 참았다.

그런데 이젠 참지 않아도 된다.

어차피 난 버림받은 몸이고 그녀에겐 새로운 애인이 생겼으니까. 미움받을까 봐 마음 졸이는 게 찌질하게 느껴졌다.

"토모요, 여기서 물이 흐르고 있어. 이제 좋아하지도 않는 내가 만져도 이러는 걸 보니 당신은 내 생각보다 훨씬 음란한 여자였나 봐."

그곳을 한동안 빤히 쳐다보자 토모요가 허리를 파르르 떨며 앞으로 내밀었다.

내 혀 끝에 향기로운 꽃밭이 닿았다.

"혹시 내가 핥아주길 바라는 거야? 토모요가 나한테 보채는 건가?"

밉살스러운 소리를 하면서도 나는 꽃밭에 입을 댔다. 아아, 초콜릿 맛이 난다.

"아냐! 안 돼…… 부탁이야, 토무."

싫다고 하면 언제든 내가 물러설 거라고 생각하나 보다.

그게 원만한 동거 생활의 비결인 건 사실이다.

예전엔 그렇게 믿어 의심치 않고 몸소 실현하며 살았다. 하지만.

"싫어? 흐음, 싫다고."

나는 꽃밭에 뺨을 비볐다. 입술과 뺨으로 갈라진 살집을 위에서 압박하듯 연이어 쓰다듬었다.

"아, 아, 아……."

토모요가 흥분하고 있다는 게 느껴졌다. 싫을 리가 없는데 나는 왜 여태 그녀의 말 한 마디에 뒤로 물러나 버렸을까.

"토모요, 절정을 맛보고 싶지? 혀로 흥분하게 만들어줄게. 다리를 좀 더 벌려봐."

허벅지를 잡고 다리를 활짝 벌렸다.

"이런 데서?! 싫어!"

맞다, 여기는 회사다. 그런데도 당신은 이렇게 흥분하고 있잖아.

나는 멈추지 않고 손가락으로 갈라진 틈을 더욱 크게 벌렸다.

"안 된다느니, 싫다느니, 그런 소린 이제 그만해. 토모요, 나도 그렇고 당신도 그렇고 그 말에 질릴 때도 되지 않았어?"

찔끔찔끔. 몸을 떠는 붉은 꽃잎이 달콤한 향을 풍기며 나를 끌어당겼다. 체액에 젖어 반들반들해진 꽃봉오리를 나는 혀와 입술로 한껏 감쌌다.

"하, 아아……!"

섹스는 늘 주말에만.

반드시 침대에서.

샤워를 하고 내일 스케줄 준비를 마친 다음에.

양치도 하고 단정하게 잠옷을 입고.

그런 다음에 침대에 든다.

그리고 할까 말까 조심스레 묻는다.

그런 쫌생이 짓은 이제 집어치울 테다.

나는 지금 당신을 핥고 싶어.

샤워 좀 안 하면 어때. 하루 온종일 회사를 뛰어다녀 땀투성이가 된 몸이라도 상관없어.

"안 돼, 토무. 소리, 소리가 나올 것 같아. 제발 그만
해······."

"싫어."

"들리면 어떡해······."

"더 맛보고 싶어."

"하······ 거······ 거기······."

"여기?"

"안 돼······."

혀끝에 닿은 봉오리를 사방으로 굴리자 토모요가 목을 흔
들며 기뻐했다.

"아, 거, 거기······!"

내 머리카락을 잡고 자신이 얼마나 즐기고 있는지 알려주
었다. 이런 식으로 그 자식과 즐겼단 말이지.

지금까지 지켜온 다정한 섹스의 속박을 벗어던지고 나는
원하는 대로 토모요를 만졌다.

"하, 아, 하윽······ 좋아······!"

토모요의 관능적인 신음 소리. 내 얼굴이 그녀의 몸에서
흐른 사랑의 샘물로 온통 끈적끈적해졌다.

토모요는 이곳에 입을 맞춘 뒤 키스하려 하면 늘 얼굴을
슬금슬금 뒤로 돌리곤 했다. 아주 잠깐, 아주 살짝만 입을 맞
추어도 그랬다.

그런데 지금은 이렇게 푹 젖은 입술로 입을 맞추는데도 싫

어하는 기색이 없다.

어째서……?!

내 머릿속에서 질투의 불씨가 또다시 살아났다.

그녀가 더없이 음흉하고, 더없이 적나라하며, 더없이 뜨겁게 애무하는, 최고의 섹스 테크닉을 발휘하는 녀석과 바람을 피웠던 게 아닐까 하는 생각이 들었다.

그때, 토모요의 휴대전화가 발작하듯 진동을 일으켰다.

토모요의 치마 주머니 한쪽이 파르르르 떨렸다.

그 순간 눈에서 불이 번쩍였다. 내 머릿속을 쑥대밭으로 만든 질투라는 이름의 회오리바람이 그녀에게 전화를 건 상대가 빌어먹을 바람남이라고 착각하게 만든 것이다.

"토모요, 전화 왔어. 받지 그래?"

"그, 그건……."

토모요가 휴대전화를 확인했다.

"요키코야……."

그래서 뭐? 나는 휴대전화를 다시 주머니 안에 넣으려는 그녀의 손을 잽싸게 낚아챘다.

"받으라니까. 그렇게 애타게 진동하는데. 진짜 요키코면 받으면 되잖아. 혹시 지금 받기 난처한 사람인 거 아냐?"

"토무, 아니야."

매가 먹이를 낚아채듯, 나는 토모요의 손에서 날쌔게 휴대전화를 빼앗았다.

"누군지 보지는 않을게. 파트너의 휴대전화라든가, 일기라든가, 그런 걸 훔쳐보는 건 심히 격 떨어지는 짓이니까."

그러니까.

"다른 용도로 써야겠어."

부르르 진동하는 휴대전화를

살포시

토모요의 계곡 사이에…….

— 토모요 —

요키코는 이따금 핑크로터나 바이브레이터 경험담을 늘어놓곤 했다.

워낙 경험이 풍부한 아이라 그녀가 말해주는 19금 스토리는 무궁무진했다.

나는 새초롬하게 눈을 흘기면서도 귀를 쫑긋 세우며 그녀의 얘기를 한 마디도 빠짐없이 듣곤 했다.

그런데 지금 내 비밀의 문을 두드리는 이것은…….

"휴대전화를 그런 식으로 쓰면 어떡해…… 아아아아아!"

부르르부르르…….

내 핑크색 휴대전화가……

부르르르 몸을 떠는 휴대전화의 모서리가……

잔뜩 부어오른 비밀문을 자극했다.

"하, 움찔거리네⋯⋯."

부르르부르르⋯⋯.

허구한 날 듣는 휴대전화의 진동음이 이렇게나⋯⋯

부르르, 추릅, 부르르, 추릅, 부르르, 추릅⋯⋯.

이렇게 야한 소리를 낼 줄은 진정 몰랐다.

"그렇게 좋아, 토모요? 그럼 안에도 넣어줄게."

하⋯⋯ 말도 안 돼⋯⋯ 휴대전화를 그 안에 넣겠다고⋯⋯?
그렇게 바르르 떠는 휴대전화를⋯⋯?

그, 그렇게 변태 같은 짓을 세상에 다시 없을 만큼 점잖았
던 토무가 하겠다고⋯⋯?

부르르. 휴대전화의 진동음이 이어졌다. 토무는 휴대전화
끝으로 내 아랫도리를 살살 문질렀다.

"하아아⋯⋯!"

휴대전화가 몸부림을 치며 그 안으로 들어왔다.

"하아악⋯⋯아악⋯⋯."

비밀의 문 안쪽까지 헤집고 들어온 순간.

어⋯⋯?

전화가 끊어졌다.

아, 요키코. 부디 제발⋯⋯.

제발⋯⋯?

제발 전화하지 마.

아니면, 제발 전화해 줘.

어느 쪽이지?

원하는 게 뭐야? 둘 중 원하는 게 뭐지?

"끊어졌네. 유감이야, 토모요. 잔뜩 기대했을 텐데. 여흥이 끊긴 건가?"

토무가 내 허리를 잡고 회의실 의자에 끌어다 앉혔다.

"조금 쉴까?"

"하윽······!"

몸을 움직이자 휴대전화 모서리가 동굴 벽에 닿았다. 딱딱하고 무기질적인 모서리가.

하앗······!

"토모요, 다리 오므리고 얌전히 앉아야지."

토무가 허벅지 양쪽을 잡고 얌전한 규수처럼 가지런히 모아주었다.

"흐읍······."

다리를 모으자 동굴 속에 갇힌 휴대전화의 존재가 더더욱 크게 느껴졌다.

"토모요······."

토무가 양복 주머니에서 자신의 휴대전화를 꺼냈다.

호······ 혹시······ 토무······.

"전화 걸게."

지금 전화를 걸면 내 안에 있는 휴대전화가······.

나는 간절한 눈으로 토무의 손가락을 보았다.

그의 손가락이 단축번호 0번을 길게 눌렀다.

안 돼…… 누르지 마…….

그런데 누르면 어떻게 되는 거지? 아무튼 안 돼, 토무.

아, 토무.

아…….

아.

아아.

아아아아……!

손가락이 덜덜 떨렸다. 머리부터 발끝까지 안 떨리는 데가
없었다.

파들파들 몸을 떨어대는 진동. 휴대전화를 삼킨 동굴에 진
동이 전해졌다.

"안 돼, 더 이상은 안 돼……!"

토무는 휴대전화를 귀에 대고 내 반응을 지켜보았다.

"휴대전화 진동에 이렇게 흥분하는 걸 보니 토모요가 섹스
를 무척 좋아하나 보네."

그는 진동하는 휴대전화를 잡고 넣었다 뺐기를 반복했다.
그리고 그곳에 입을 대고 추르릅 빨아들였다.

안 그래도 그 안에서 아비규환이 벌어지는 판인데 그런 자
극까지 더해지면……!

"이제 갈 거 같아?"

휴대전화의 진동이 끊길 때마다 토무는 다시 전화를 걸었다.

이제 그만해, 아니, 계속해 줘.

하아, 정신이 아득하다. 몸에서 기운이 사르륵 빠져나가는 감각과 함께 휴대전화가 뚝 그쳤다.

토무가 휴대전화를 끄고 다시 주머니에 넣는 게 보였다.

그리고 휴대전화가 비밀의 문을 열고 바깥세상으로 나왔다.

또 정상 직전에서 멈추었다.

"하아…… 하아…… 너무해, 너무해…… 토무……."

"뭐가?"

내 얘기를 들어주지 않는 것도 너무하고 일부러 아슬아슬한 지점에서 멈춰 버리는 것도 너무하다.

"뭐가 됐든 하나씩 해야 하니까 토모요가 선택해. 뭐부터 할래?"

또 심술을 부린다.

"토모요가 선택해 주면 좋겠어. 얘기 먼저 하고 싶으면 들을게. 절정을 먼저 맛보고 싶으면 그렇게 해줄게. 나라도 괜찮다면."

한겨울 새벽 날씨만큼이나 차가운 토무의 음성. 서릿발 날리는 음성이긴 하지만 그는 나지막이 이렇게 속삭였다.

"하지만 내가 당신에게 만족을 줄 수 있을까?"

다 꺼져 가는 촛불처럼 희미한 그 말이 내 가슴에 작은 파문을 일으켰다.

"토무……."

나는 토무의 팔에 매달렸다.

"아니야, 정말 그런 거 아니야."

내가 좋아하는 건 토무다.

"뭐가 그렇게 아니야. 아까부터 계속 아니라는 말만 하고."

토무가 빈정거렸다.

"아닐 리가 없어. 막무가내로 구는 그 자식한테 넘어갔다고 요키코한테 다 들었다고."

토무는 삽입하기 전에 항상.

「들어갈게.」

라고 말했었다.

그리고 천천히 부드럽게 내 안으로 들어오곤 했다. 누구보다 다정하게, 다감하게.

그런데 지금은,

내 발을 꽉 움켜쥐고 양쪽으로 활짝 벌리고는 단번에 밀고 들어왔다.

"하아아악!"

딱딱한 쇳덩어리 같은 것이 젖어 있는 틈을 힘 있게 뚫고 들어왔다.

"아, 아아, 아아아아!"

불이 활활 타오르는 화살이 내 몸을 뚫고 지나가는 듯한 느낌이었다. 이성을 송두리째 날려 버릴 만큼 강렬하고 뜨거웠다.

"굉장해……. 여기가…… 너무 뜨거워……. 뜨거워…… 토무가…… 딱딱해……!"

내 몸 안에 용광로가 있는 느낌이라고 해야 할까.

쇳덩이까지 녹여 버리는 절정의 열기가 아뜩하게 느껴졌다.

느껴진다. 지금까지와는 또 다른 열기가 느껴진다.

토무가…….

이렇게 두툼하고 단단했었나?

13화
길들여진 몸

― 토무 ―

토모요의 몸이 이렇게 탄력적이고 조임이 강했나?

"토…… 토모요……."

아, 위험하다. 들어가자마자 사정해 버릴 뻔했어. 토모요보다 내가 먼저 가버리면 의미가 없는데.

아무튼 엄청, 아주 엄청 오랜만에 토모요와 하나가 된 것 같아.

따뜻하고 달콤해.

난 역시 토모요가 좋아. 그녀를 사랑해.

토모요의 몸에서 발산되는 열기가 나를 휘감자 잔뜩 골이 나 있던 내 마음이 슬금슬금 녹아내렸다.

"토모요. 나는……."

당신이 누굴 좋아하든 난 당신과 헤어지고 싶지 않아, 라고 말하려던 찰나.

"아, 하아…… 대단해…… 토무…… 아앗! 안에서, 그 안에서 더 커진 거 같아…… 나 흥분한 거 같아…… 어떡해!"

토모요가 자신의 감상을 노골적으로 읊조렸다.

언제나 얌전하고 수줍었던 토모요가 이런 소리를 한다는 게 놀랍기만 했다.

질끈 감은 내 눈꺼풀 뒤로 언젠가 본 스포츠신문의 성인만화 페이지가 스쳐 지나갔다.

「딱딱하고 두꺼운 걸 좋아하는 음란녀.」

대체 어떤 자식이 우리 토모요를 이렇게 음란한 여자로 만든 거야!

떠날 채비를 하고 있던 못된 내가 다시 짐을 풀고 주저앉았다.

"뭐가 그렇게 흥분돼?"

나는 토모요의 무릎 뒤에 손을 찔러 넣고 양다리를 좌우로 벌렸다.

"좋아하지도 않는 나랑 하는데도 기분이 괜찮은 모양이지?"

나는 허리를 번쩍 들어 두 사람의 몸에서 흐른 애액이 질 펀하게 뒤섞인 곳, 나와 토모요가 이어진 부위를 보여주었다.

"봐, 토모요."

허리를 앞뒤로 움직여 일부러 처덕처덕하는 소리를 냈다.

"음탕한 토모요."

허리를 오른쪽으로 크게 한 바퀴 돌리고 남자의 무기 끝을 토모요의 굴 입구에 부딪쳤다.

"하아악, 하지 마……!"

"고개 들고 제대로 봐. 눈 돌리지 말라고."

그녀의 머리카락을 움켜쥐었다.

"토모요의 거기가 날 물고 있어. 보여?"

"차…… 창피하단 말이야……."

"뭐가? 그 자식이랑은 더 창피한 짓도 할 거면서?"

"아, 아니……."

"와…… 아주 줄줄 흐르는걸. 토모요, 나한테 당하니까 흥분돼?"

양쪽으로 벌어진 발목을 잡아 내 허리에 감고 나는 토모요의 몸 안으로 더 깊이 들어갔다.

그녀의 무릎을 젖가슴 바깥쪽에 대고 안쪽으로 모으자 가슴골이 선명하게 잡혔다.

"이, 이런 모습은……."

"그래, 아주 볼 만해."

허리로 방아를 찧을 때마다 처덕처덕 하는 소리가 났고 방망이가 드나드는 틈 사이로 희멀건 액체가 방울져 떨어졌다.

"다리 잡아봐. 토모요는 변태니까 이 자세를 좋아할 거야."

"토…… 토무도……."

나?!

"내가 뭐?"

그녀의 가슴을 움켜쥐었다.

"아……!"

"아파? 좋아? 어느 쪽이야?"

이렇게 난폭하게 토모요를 대했던 적은 없다.

내가 손에 더욱 힘을 주자 보드라운 살이 모양을 바꾸었고 애욕의 계곡이 내 성욕을 자극했다.

토모요의 엉덩이 밑에 그녀의 발을 딛게 하고 나는 허리를 힘껏 밀어 올렸다.

"하아악, 안 돼!"

"뭐가 안 되는데?"

"이, 이러니까, 너, 너무 깊이 들어와서……."

깊이……?! 깊이 들어와?!

나는 무소의 뿔처럼 당당해진 내 무기를 굴 입구까지 뺐냈다.

그리고…….

"아윽!"

이번엔 더 힘차게 토모요의 몸에 찔러 넣었다.

온통 젖은 몸속 깊은 곳까지 내가 돌진하는 소리가 들렸다.

"그 안이 마비될 것 같아……."

"그 말은 좋다는 건가?"

토모요가 눈물을 글썽이며 고개를 끄덕였다.

안이…… 마비될 정도로 좋다고?! 어디가 어떻게 좋은 건데?! 그 대사는 야동에서 몸부림치는 여자들이 외치는 소리잖아!

"토모요, 그 자식이 이렇게까지 당신을 길들인 거야?"

나는 손가락으로 그녀의 까만 계곡을 쓰다듬었다.

"아, 안 돼……!"

가느다랗고 까만 풀들이 내 손가락에 감겼다.

끈적끈적한 빗물에 젖은 수풀이 내 것인지 토모요 것인지 분간이 되지 않았다.

부풀어 오른 작은 구슬을 발견한 나는 손가락으로 그것을 미세하게 건드렸다.

"아야, 거긴……."

토모요가 눈을 감았다.

"여기? 여기 말하는 거야?"

손가락 끝에 힘을 주고 구슬을 짓눌렀다.

"아니면 여기?"

허리를 좌우로 흔들며 동굴의 내벽을 음미했다.

"다…… 다……!"

"다 뭐?"

토모요의 손가락이 내 팔뚝을 움켜쥐었다. 손톱이 피부를 파고들었다.

토모요가 이렇게 안간힘을 쓰며 내게 매달린 적은 한 번도 없었다.

타액으로 젖은 토모요의 입술이 달싹거렸다.

"뭐? 하고 싶은 말이라도 있어?"

나는 그사이에도 허리 운동을 멈추지 않았다.

상하로, 좌우로, 시계방향으로, 시계 반대 방향으로, 쉴 틈 없이 그녀를 휘몰아쳤다.

토모요는 숨이 넘어갈 것처럼 헐떡이면서도 나를 쫀쫀하게 조이고 빨아들였다.

겉만 봐선 내가 토묘요를 고문하는 듯 보이지만 실제로 정신이 날아가게 생긴 건 나였다. 그럴 수는 없었다. 정신을 분산시켜야 한다. 무려 삼 년을 같이 살아오면서도 토모요의 몸이 이 정도인 줄은 몰랐다.

정직하게 말해…… 그녀와의 정사 중 오늘만큼 아찔하고 화끈했던 적이 없었다.

지독한 쾌감과 함께 서글픔이 밀려들었다. 나도 모르는 사이 그녀의 몸은 남자에게 길들여져 있었던 것이다.

남자의 능력에 따라 여자의 몸이 이렇게도 바뀌는구나!

새로운 깨달음을 얻는 순간이었다.

저 멀리서 토모요의 짧막한 숨소리가 들렸다.

"토무……."

"나…… 뭐?"

"토무 때문……."

"뭐?"

"토무 때문이라고…… 아, 하윽, 흐으읍……!"

뭐라는 거야?

잠깐, 그 말은 그러니까…… 섹스를 못하는 나 때문에 부득이하게 바람을 피운 거라고 자백한 거야, 지금?

싸늘하게 몸이 식었다. 우람했던 나의 분신에서도 핏기가 빠지는 감각이 들었다.

역시…… 사실이었어…….

나와 그녀의 몸이 분리되었다.

"토무……?"

그녀의 허리 아래로 보이는 틈새에서 우윳빛 액체가 줄줄 흘러내렸고 그녀의 붉은 입술이 벌어졌다.

당장에라도 꽃을 피울 것처럼 탱탱해진 젖꼭지가 파들파들 경련을 일으켰다.

"난잡한 토모요."

어떤 자식이 널 안은 거야!

나는 회의실의 차가운 바닥에 벌렁 드러누워 몸을 식혔다.

"그만할래."

"······어?"

토모요의 피부가 발갛게 달아올라 있었다.

"이렇게 중간에 하다 마니까 괴롭지?"

내 입술이 사악하게 뒤틀렸다.

"그래도 그만하련다. 억지로 하는 건 역시 옳지 않은 거 같아."

나는 겉과 속이 다른 음흉한 놈이다.

"그러니까."

나는 아직 기세가 죽지 않고 뜨거운 김을 뿜어내는 분신을 손바닥으로 감싸 쥐었다.

"토모요가 직접 넣어. 그 자식이랑은 그런 거 매번 할 거 같은데, 아닌가?"

그런 당신은, 보고 싶지 않아.

하지만 보고 싶어.

— 토모요 —

나더러 자기 위에 올라타라고?

한 번도 해본 적 없는데?

아! 있다!

외계 지적생명체 토무랑 해본 적이 있어. 그리고 얼마 전 키리노 씨와도…….

그러고 보니 몇 번 되는구나.

그래도! 지금까지 토무와는 그런 식으로 관계를 맺어본 적은 없다!

그냥 블라우스 단추를 여미고 치맛자락을 내린 다음 회의실에서 나가 버릴까?

마음을 추스르고 다시 대화를 시도해 보는 게 좋지 않을까? 몸이 화끈거리고 정신이 나가 버릴 것 같긴 하지만…….

다리가 망설이고 있다.

일 보 전진할까, 뒤로 물러날까.

일 보 전진이 목숨이 달린 거사로 느껴졌다. 흘끗 토무의 눈치를 살폈다.

회의실 바닥에 드러누운 그는 오른손으로 머리를 받치고 열반에 든 듯한 표정으로 나를 응시하고 있었다.

몰랐는데 와이셔츠 단추는 전부 끌러져 있었고 하의도 실종된 상태였다. 셔츠 아래로 보이는 맨살에 밴 땀이 석양빛을 받아 탐스러우면서도 요염하게 빛났다.

그는 언제나 입가에 상냥한 미소를 담고 있는 착한 남자였다. 행동도 늘 조심스러웠다. 혹여나 누구에게 폐를 끼칠까 조심조심, 조신한 새색시마냥 얌전하게 굴었다.

물론 상품 기획만큼은 열정적으로 해냈고 일에 몰두하는 바로 그 모습에 끌렸던 거지만 그는 섹스를 할 때에도 얌전하게, 정도를 벗어나는 일이 없었다.

그런 그가 저렇게 지옥에서 뛰쳐나온 사악한 악마처럼 뒤틀린 미소를 짓고 있는 모습은 난생 처음 보았다.

그의 몸 한가운데에 위치한 소뿔처럼 날렵하고도 강력하게 뻗쳐 있는 것 말고도 그동안 그의 몸 안에 숨어 있던 갖가지 상념들과 내가 미처 알지 못했던 다양한 색깔들이 기운차게 뻗어 나오고 있는 듯했다.

총천연색의 감정들이 보였다. 이를 테면 섬뜩한 빛을 발하는 질투, 끈적끈적한 빛을 발하는 욕망.

내가 아는 토무가 아니었다. 그렇다고 외계 지적생명체도 아니었다.

그럼 저 사람은 누굴까?

어머나.

나, 또 젖었어.

두근두근.

몸 안의 혈액이 바쁘게 움직이는 느낌이 선연하게 잡힌다. 토무를 보며 욕망을 느끼는 걸까. 그래서 그런가?

감정이나 사고 같은 건 원래 조절하기 어려운 법이다.

그곳이 쿡쿡 쑤시며 허리 아래가 뒤틀렸다.

해가 모습을 감추고 창밖은 이미 캄캄해졌다.

그러거나 말거나.

토무는 한 치의 흐트러짐도 없이 나를 주시하고 있었다.

그리고,

"변태 토모요……."

그가 나른하고 나직한 음성으로 내 이름을 뇌까리자 허리 아래가 다시 욱신거렸다.

"그만 고민하고 이리 올라오지?"

잔잔한 어조인데도,

"거추장스러운 옷은 벗어버리고."

이건 명령이야, 라고 말하는 듯했다.

"어서."

온몸에 전기가 올랐다. 몸에서 천둥소리가 들렸다.

나는 비척비척 일어나 치마 지퍼를 내렸다.

블라우스를 벗어 바닥에 떨어뜨렸다.

그의 말에 순응했다.

어째서?

나 스스로를 제어할 수 없었다.

어떻게 해야 옳은 건지 쉼 없이 고민하는 와중에도 내 발은 천천히 그를 향해 다가갔다.

그리고 그의 몸 위에 앉았다.

자, 이게 어떻게 하는 거지?

고민과 달리 내 손가락은 토무의 그것을 찾아 쥐고 있었다.

인터넷 검색창에 '여성상위'를 쳐 넣으면 방법을 알 수 있으려나?

그런 한심한 생각을 하는데…….

"헉!"

토무가 숨을 삼켰다.

"토…… 토모요…… 그건…….”

토무의 습기 어린 목소리가 드문드문 끊어졌다.

"이건…… 생각지도 못했는데…….”

떫고 시큼한 맛이 입안으로 퍼져 나갔다.

어……? 내가…… 내가 어쩌다가……?

지금 토무를 입에 물고 있는 거야……?!

"전엔 이런 거 안 해줬잖아…….”

그러게?

어쩌지. 움직임이 멈추질 않아. 어떻게 하는지도 모르는 주제에 왜 이러는 거야.

외계 지적생명체가 억지로 시킬 땐 실수로 깨물면 어쩌나 무서웠는데 지금은…… 내가 자진해서 그의 분신을 핥고 있어!

"아…… 토모요!"

토무가 한손은 바닥을 짚고 한손은 내 머리를 잡았다.

내 머리를 꾹꾹 누르는 그가 지금은 외계 지적생명체로 보였다. 다정하기 그지없었던 그의 손이 내 머리를 잡고 놓아주

지 않았다.

토무와 외계 지적생명체는 같은 사람이다. 서로 다른 사람이 아니다.

내 몸에 전해지는 그의 힘은 토무의 내면에 원래 존재했던 것이다.

나는 혀로 둥그런 기둥을 크게 감싸고 아래에서 위로 훑어 올라갔다.

"으윽……!"

정점을 찍은 줄 알았던 토무의 기둥이 입안에서 더 크게 부풀었다.

오묘한 감각. 내 머릿속에는 이 모든 상황을 냉엄하게 지켜보는 내가 있었다.

「웬일이야~ 회사에서 펠라티오라니!」

냉정한 그녀가 휘파람을 불었다.

그러나 몸은 그녀를 무시하고 움직임을 이어갔다.

입으로는 토무를 단단히 조이고 손으로 그 아래를 잡고 위아래로 움직였다. 혀끝으로 약을 올리듯 기둥 끝을 살짝살짝 핥기도 하고 찌르기도 했다.

키리노의 아내 아이가 보여주었던 모습이 떠올랐다.

토무의 기둥을 소중히 잡고, 그녀의 붉은 혀를 떠올리며 열심히 흉내 냈다.

상황이 바닥으로 곤두박질치자 내게 바람피는 것이나 다

름없는 엄청난 짓을 시킨 요키코를 원망했었다. 그런데 지금 보니 뜻밖에 도움이 되는 구석이 있지 않은가.

세상일엔 모두 장점과 단점이 고루 존재한다더니 맞는 말이다.

"으읍……."

침을 꿀꺽 삼키며 그의 분신을 목구멍까지 빨아들었다.

"음, 음, 음……!"

내 목소리 같지가 않았다. 토무 주니어를 입에 담고 이리저리 굴리고 희롱하는 내 입에서도 뜨거운 신음 소리가 흘러나왔다.

"아! 안 돼!"

그가 내 머리카락을 잡아당기자 퐁, 하는 소리와 함께 내 입에서 토무 주니어가 빠져나왔다.

"이러다가 사정하겠어."

토무는 자신의 물건을 잡고 아래로 눌렀다.

"변태……!"

흐트러진 앞머리 사이로 토무의 싸늘한 눈빛이 쏟아졌다.

서늘한 그 눈빛을 보자 가슴이 다시 들썩거렸다.

어째서일까.

마치 토무가 날 조정하고 있는 게 아닐까 하는 생각이 들었다.

토무가 원하는 대로 나는 다리를 벌렸다.

토무가 원하는 대로 허리를 아래로 내리고, 토무가 원하는 대로,

"아……."

오솔길 입구로 토무의 성난 뿔을 눌렀다.

"넣고 싶다고 말해봐."

내 생각이 맞았다.

토무가 원하는 대로 흘러가지 않는가. 내 의사나 생각 따윈 필요하지 않다.

그저 몸이 움직일 따름이다. 욕망을 느끼면 모두 이러는 걸까?

"원해……."

"잘 안 들려, 토모요."

"넣고 싶어……."

"못 참겠어?"

"못 참겠어……."

그가 성난 뿔을 잡고 내 입구를 톡톡 건드렸다.

그러나,

"나는 안 움직일 거야. 원하면 당신이 움직여."

토무가 나를 올려다보며 말했다.

사악하면서도 에로틱한 미소를 지으며 나를 응시했다.

스륵…….

"응……!"

스륵······.

"으응······!"

허리를 움직여 천천히 토무를 베어 물었다.

14화
처음 맛보는 감각

— 토무 —

언덕 두 개를
쉬이 올려다보니
탐스럽구나.

지금 하이쿠(俳句, 5—7—5의 음율을 지닌 일본 전통 시 형태:편집 주)나 외울 때가 아닌데!

상황 파악이 느린 사람이 아닌데도 나는 넋을 놓고 밑에서 그녀의 탐스러운 언덕을 잡고 조물조물 손가락을 움직이고 있었다.

"아윽……!"

손가락으로 언덕 위에 핀 꽃을 집자 그녀가 소리를 지르며 허리를 꼬았다.

꽈악.

토모요의 동굴이 몸을 움츠리자 나도 나직하게 소리를 질렀다. 아릿한 쾌감에 나도 모르게 젖꼭지를 너무 세게 꼬집어 버렸다.

"아! 아파! 토무!"

그러나, 그때마다 토모요는 허리를 뒤틀었다.

"허리를 끝내주게 움직이는데! 바람 핀 자식한테 배운 거야?"

"아니야! 토무가, 토무가 그렇게 세게 꼬집으니까 나도 모르게!"

말로는 토모요를 나무라지만 사실 내 머릿속은 다른 생각으로 꽉 차 있었다.

이 느낌은 뭐지…….

내 손가락이 젖꼭지에 닿을 때마다 토모요의 입에서는 어김없이 신음 소리가 흘러나왔다.

섹스를 할 때 그런 소리를 내는 게 놀랄 일은 아니지만 토모요와의 섹스가 선사하는 이 선명한 느낌은 과연 놀라웠다.

지금이라면 토모요가 무슨 생각을 하는지 알 것 같다.

미간에 주름이 새겨진 저 얼굴은 몸속에 나를 품고 그 맛을 음미할 때의 표정.

입술을 반쯤 벌리고 있는 건 그 맛이 훌륭해서겠지.

아, 뭔가 알 것 같다. 예전의 섹스와 뭐가 다른지.

예전의 난 이렇게 토모요의 얼굴을 살펴보지 않았다.

그 사실을 지금에서야 깨달았다.

나는 그녀의 가슴에서 손을 떼고 배를 쓰다듬었다. 그대로 배꼽으로 내려갔고 그리고…….

고개를 들어보니 토모요가 아랫입술을 깨물고는 아주 순간이었지만 힐끗 내 손가락을 보고 눈을 감았다.

토모요가 무엇을 원하는지 알 것 같았다.

내 손가락은 그대로 더 아래로 내려갔다. 이윽고 물을 끼얹은 것처럼 젖어 있는 그곳에 닿았다. 검지로 그 아래 보이는 주름을 따라 바깥으로 벌렸다.

내 분신을 몸에 담은 채 토모요가 가르랑거렸다.

"아, 토무."

주름 사이에 손을 찔러 넣고 앞뒤로 문지르자 찐득한 액이 묻어났다. 불거진 돌기가 고개를 내밀자 나는 손가락을 구부려 두 번째 관절로 그것을 건드렸다.

"흐읍……!"

토모요가 입술을 꽉 깨물었다.

"기분 좋아……?"

물을 필요도 없다. 표정과 소리만으로도 충분히 그녀의 반응을 헤아릴 수 있었다.

대답 대신 그녀의 입에서는 하아…… 하고 길고 깊은 한숨이 쏟아졌다.

그 한숨이 천상의 과일처럼 달콤했다.

한숨 초콜릿…….

아, 좋은 아이디어가 떠올랐다.

토모요의 뺨에 손을 대보았다. 엄지로 혀를 쓰다듬으며 눈에 보이지 않는 한숨을 느껴보았다.

토모요가 내 손가락에 키스한 것 같은 느낌이 들었다.

나는 어느 틈에 잊고 있었다.

토모요가 누군가와 바람을 피웠고, 나를 배신했고, 나와 헤어지고 싶어하고, 그로 인해 불타올랐던 매서운 질투심을 어느새 잊어버렸다.

그보다 지금은 토모요와 조금 더 이 순간을 즐기고 싶었다.

내가 허리를 움직이자 토모요가 박자를 맞춰 허리를 흔들었다.

널찍한 회의실에서 들리는 소리라곤 나와 토모요가 간간이 쏟아내는 한숨과 교성, 두 사람이 맞물릴 때마다 나는 질편한 소리뿐.

예전에 토모요와 관계를 할 때는 무언가 말을 해야 한다는 강박관념에 사로잡혀 그녀의 이름을 부르곤 했다.

그리고 '좋아한다'는 말을 의미없이 반복했다.

그러면 여자가 안심할 줄 알았다. 그런데 지금은…….

토모요가 무슨 생각을 하는지 귀를 기울이고 몸으로 그 소리를 헤아리는 열띤 침묵이 이어졌다.

"아…….."

내 목소리가 젖어들었다. 토모요의 아랫도리가 내 분신을 비틀 것처럼 조였다.

"이런 건…….."

나와 그녀가 동시에 같은 말을 웅얼거렸다.

"이런 건…… 처음이야…….."

지금까지 토모요와 몇 번이나 사랑을 나누었는지는 세본 적이 없어서 모른다. 확신하건대, 지난 여자친구 중 가장 많은 수를 자랑할 것이다.

그런데도 이런 감각은 처음이다.

두 사람의 동굴과 기둥의 경계가 어디인지 모르겠다. 마치 하나로 녹아든 것 같은 그런 기분.

꽈악, 하고 토모요가 나를 조였다.

"하아…… 기분 좋아…….."

또다시 두 사람의 목소리가 겹쳐졌다.

내가 좋으면 상대도 좋은 거구나.

전에는 한 번도 해보지 못한 생각이다.

섹스란 내 기분보다는 상대의 기분을 우선해야 하는 거 아닌가?

아니라고?

어디선가 키리노 부부와 요키코가 주먹을 불끈 쥐고 외치는 소리가 들린 것 같았다.

됐고, 지금은 이 기분에 취하고 싶다.

토모요의 피부를 더 느끼고 싶어서 나는 그녀에게 손을 뻗었다.

상반신을 일으켜 그녀를 끌어안았다.

"아……."

이번에도 나와 토모요가 같은 소리를 냈다.

"왜……?"

"그쪽이야말로 왜……?"

토모요의 가슴이 내 몸에 닿아 일그러졌다. 마주 보고 앉으니 또 다른 감각이 전해졌다.

"이상한 부분에 닿아서……."

토모요가 울먹이며 가느다란 소리로 속삭였다.

이상한 부분……?

"모르겠어. 그냥 이상해……."

일단 가만히 허리를 움직여 보았다.

"하악……!"

우리는 또다시 동시에 신음을 터뜨렸다.

상대가 얼마나, 어떻게 기분이 좋은지는 알 길이 없다고 생각해 왔다.

그런데 이 순간, 내가 느끼는 이 쾌감을 그녀도 동시에 느끼고 있을 거라는 아련한 믿음이 생겼다.

「안아도 돼?」

라든가,

「키스해도 돼?」

라든가.

「체위를 좀 바꿔도 될까?」

분위기 깨는 그런 질문은 하지 말았어야 했다.

눈앞에 토모요의 입술이 있지 않은가.

키스하고 싶었다.

토모요도 나와 같은 생각을 했던 걸까.

우리는 동시에 입을 맞추었다.

── 토모요 ──

혀와 혀가 얽히는 딥키스가 이어졌다.

마음을 확인하고 싶어,

「키스해 줘.」

라고 말했다가 외계 지적생명체로부터 거부당했던 일이 떠올랐다.

등 뒤로 팔을 둘러 그의 견갑골을 잡았다. 땀에 젖은 가슴을 토무의 가슴에 더욱 밀착했다. 아랫부분에 더 자극을 주려고 쉴 틈 없이 허리를 위아래로 들썩였다.

「욕심을 내봐.」

외계 지적생명체가 했던 말이 연이어 떠올랐다.

예전에 했던 토무와의 섹스와는 전혀 다르다. 그렇다고 외계 지적생명체와의 섹스와 같은 것도 아니다.

지루하지도 않다.

거칠지도 않다.

그저 한없이 깊고,

그리고 잔잔하다.

절정을 맞이하고, 맞이하지 못하고. 그런 것과는 차원이 다르다.

이대로 언제까지나 하나가 되어 살아갈 것 같은 그런 기분.

토무의 숨결이 들린다.

들린다. 들리…… 어, 아닌데. 지금 들린 저 소린…….

"이, 이보세요……."

두툼한 목소리……?

설마?!

설마, 하는 내 기대를 와장창 박살 내고 회의실에 등장한 남자가 있었으니……

경비원 아저씨가 문가에 서서 뜨악한 표정을 짓고 있었다.

"여긴…… 러브호텔이 아닌데……."

그가 회중전등으로 우리를 비추었다. 홀딱 벗은 나와 토무의 몸을.

"아, 아저씨, 고향이 어디세요?"

토무! 뜬금없이 뭔 소리야! 어서 옷이나 입어!

아니, 일단 이것부터 빼고!

"아, 진정해요들. 진정하고 옷 입으라고."

"아아아, 아저씨. 여기엔 눈물 없인 못 들을 사연이……!"

"토모요, 변명은 집어치우고 팬티부터 찾아 입어!"

"없어. 속옷 입지 말고 출근하라고 한 게 누군데!!"

"그럼 브래지어라도 해!"

"브래지어도 속옷이라고 토무가 그랬잖아!"

"그렇긴 한데 그렇게 홀딱 벗고 변명하다가 아저씨가 심장 마비라도 일으키면 책임질 거야?"

"이건 업무의 일환이에요!"

"토모요, 말도 안 되는 변명이야."

"카마수트라 초콜릿 연구를 하느라!"

"그거 참신한 아이디어다. 그래도 거짓말하면 못 써!"

그리하여 우리가 평범한 회사원의 모습을 되찾는 데 걸린 시간 약 삼십 분.

경비원 아저씨에게 아까 본 일을 잊어달라고 비는 데 걸린 시간 약 삼십 분.

이 일을 왜 비밀에 부쳐야 하는지 설득하는 데 걸린 시간 약 삼십 분.

그렇게 총 한 시간 반 만에 회사에서 나올 수 있었다.

"……피…… 피곤해……."

정문을 지나 역까지는 기껏해야 일 분밖에 안 걸리는데도 지쳐서 꼼짝도 할 수 없었다. 흘끗 토무를 살펴보니 그 역시 만신창이였다.

"토무…… 저기……."

토무가 손을 들어 그만하라는 의사를 전했다.

"됐어."

"어?"

"됐다고."

"뭐가 됐다고?"

"원한다면 헤어져. 그래, 헤어지자. 좋아하는 사람한테 가. 그리고 행복하게 잘 살아."

댁이야말로 그만…….

"나 아직 아무것도 설명 못했는데?"

"토모요를 괴롭히는 건 이제 그만할래. 심술맞은 소리해서

미안해."

토무가 고개를 숙였다.

"어쩐지 개운해졌어."

너만 개운해지면 다예요?!

"아까 저기…… 절정을 맛보게 해주고 싶었는데 유감이야. 그래도 토모요를 그렇게나마 안을 수 있어서 다행이야. 그것만으로도 난 만족해."

얼굴을 든 토무가 상쾌하게 웃었다.

"지금까지 같이 있어줘서 고마웠어. 토모요."

폭풍이 지나간 뒤 맑게 갠 하늘처럼 푸르고 쾌청한 얼굴이었다.

푸르고 쾌청한 그의 얼굴을 보니…… 슬슬 화가 나려고 하는데?

그런 생각이 뾰족하게 머리를 치켜든 순간,

나도 모르게 오른손을 불끈 쥐었다.

그리고 내 눈에 들어온 건 토무의 뺨에 박진감 넘치게 처박히는 내 주먹.

뻐어억!

둔탁한 소리가 오피스 빌딩 사이로 구석구석 울려 퍼지며 메아리쳤다.

"토, 토모요?!"

아스팔트 위에 엉덩방아를 찧은 토무가 단말마의 비명을

지르며 나를 올려다보았다.

"주먹으로— 날 주먹으로 쳤어! 왜?!"

왜냐고?! 그걸 몰라서 묻니?!

"알았어. 토무가 어떤 사람인지 이제 알았다고. 토무는 원래 쥐뿔도 착한 사람이 아니야. 자신만 참으면 된다고 생각하는 모양인데, 그거 완전 헛다리짚은 거거든! 남을 받아들이는 척하지만 알고 보면 터럭만큼도 받아들이는 게 없어. 그리고 제일 중요한 거! 남의 얘기 좀 들어! 혼자 삽질하지 말고!"

"사, 삽질?! 내가?"

"그러니까 외계 지적생명체인지 뭔지로 변신하는 거 아냐!"

"외계……? 그게 뭐야?"

"내가 바람핀 상대다, 왜!"

"뭐야?! 자, 잠깐!"

토무는 허둥거리며 내 귀 뒤를 확인했다.

"토모요! 혹시 외계인한테 납치당했었어?"

"헛소리 좀 작작해! 외계 지적생명체는 토무야! 내가 바람핀 상대!"

"에에에에엥?!"

"그래, 내가 바람 좀 피웠다! 토무랑! 당신의 기억이 홀랑 날아가 버린 사이, 내내! 주구장창! 줄기차게!"

"토모요가 음란할 뿐만 아니라 거짓말까지 하네."

"거짓말쟁이는 토무야!"

"내가 언제!!"

"의사가 그랬어! 스트레스가 원인이라고. 하고 싶은 말이 있으면 톡 까놓고 하면 될 것을, 겉으로는 생글생글생글. 웃다 죽은 귀신한테 빙의라도 됐는지 밤낮 웃기만 하고. 그러다가 난데없이 자기가 외계 지적생명체래! 내가 얼마나 황당했는지 알아?!"

"웃다 죽은 귀신이라니, 말이 너무 심하잖아. 토모요의 비위를 맞춰주려고 내가 얼마나 뼈 빠지게 고생했는데 이러기야!"

"이거 봐, 이거 봐. 또 내 탓이라지."

"아니, 그거야!"

"그거 뭐!"

"내가 하고 싶은 말을 해버리면 싫어할 거잖아!"

"해봐, 어디 해보라고!"

"진짜 한다! 에이씨, 어차피 막장인데 뭐! 지금까지 참고 또 참았던 얘기 다 해버릴 테다!"

"네~ 속 시원히 해보실게요~ 토무님."

"샤워 좀 안 하면 죽냐!"

토무가 버럭 소리를 질렀다.

……뭐?

"꼭 침대에서만 하라는 법이라도 있어? 나도 토모요한테

이런 것도 시키고 저런 것도 시켜보고 싶었어! 그리고 너! 니가 먼저 '하자'고 하면 세상에 망조라도 들어?! 나도 죽기 전에 나 아니면 만족 못한다는 소리 한 번 들어보자, 좀! 그리고 솔직히 말해서……."

그가 잠시 말을 끊었다.

"하루 온종일 토모요를 아무 데도 못 가게 집 안에 가두고 한 시간에 한 번씩 꼴깍꼴깍 넘어가게 해주고 싶었어!!!"

고래고래 소리를 지르는 토무와 정신을 잃고 망부석이 된 나.

"그건…… 날 좋아해서……?

"그럼 싫어해서 그러겠어?"

"나하고 진짜 하고 싶었던 거야……?"

"유감스럽게도 그렇다, 왜!"

그럼 토무.

나는 내내 마음에 걸리던 걸 물었다.

"기억이 사라져서 나도 기억 못했던 주제에 초콜릿에 대해서는 왜 그렇게 생생하게 기억했어?"

물어봤자 소용없다.

지금의 토무가 외계 지적생명체였을 때의 일을 기억할 리 만무하니까.

그럼 그건 누구한테 물어보나?

15화
음흉한 밀당

— 토무 —

"좋은 아침이야, 마리야 씨. 신상품 빅뱅 초콜릿, 반응이 좋아."

사장이 내 어깨를 툭툭 두드렸다. 주변에는 다른 기획부 사원들이 대부분 서 있었다. 얼핏 요키코 양의 모습도 보였다.

그 순간, 내 머릿속에 기발한 생각이 떠올랐다,

"마리야가 누굽니까, 사장님? 전 외계 지적생명체입니다."

공기가 싸늘하게 얼어붙었다. 장내를 에워싼 무거운 침묵.

그 침묵을 깨뜨리듯 사장이 호탕한 웃음을 터뜨렸다.

"오오, 허허 그렇군. 그래그래, 외계 지적생명체. 다음 기획은 또 뭐가 있나?"

어…… 사장님이 장단을 맞춰주고 있어!

그뿐만이 아니었다.

기획부 동료 중 한 사람이 내게 말을 건넸다.

"오랜만이야, 외계 지적생명체."

오랜만…… 이라는 건 토모요 말마따나 내가 전에 외계 지적생명체였던 적이 있었다는 얘기렷다!

토모요가 이성이 가출해서 되도 않는 변명을 지껄인 것이라 애써 자위했던 나의 기대는 여지없이 무너져 내렸다.

덮어놓고 사고부터 쳐놓고 멘탈에 가장 충격을 입은 사람은 다름 아닌 나였다.

SF냐! 내 삶의 장르가 SF였어?! 샐러리맨물이 아니라?!

하아아……. 아니지, 지금은 정신 똑바로 차려야 할 때다.

힐끗 요키코를 쳐다보았다. 그녀가 막 복도로 뛰어나가고 있었다.

그래, 달려라, 요키코! 어서 토모요한테 가서 이 사실을 알려! 외계 지적생명체가 귀환했다고 전해!

기획부 동료는 조금도 섬세하지 않은 얼굴로 웃음을 터뜨렸다.

"이거 진심인데, 난 마리야보다 네가 훨씬 마음에 들어."

마음은 상하지만 섬세함이 부족한 인간일수록 정보를 흘릴 확률이 높다는 것은 만고의 진리다. 나는 일단 참아보기로

했다.

"어떤 점이?"

"뭐랄까, 착한 척하지 않는 점?"

내가 착한 척을 했다고?

"필요한 말만 하니까 합리적으로 보이기도 하고."

"그리고?"

"아~ 그래. 마리야가 워낙 상냥하게 구니까 여자들한테 먹어주잖아. 그런데 네가 쌀쌀맞게 굴어서 점수를 까먹으니까 난 매우 좋더라."

좋기도 하겠다. 여하간 외계 지적생명체에 대해 조금은 알 것 같다.

정보를 긁어모은 나는 항목별로 깔끔하게 정리했다.

● 방글거리지 않는다.

● 배려하지 않는다.

● 분위기 파악에 애쓰지 않는다.

● 오만방자하다.

● 근거 없이 당당하다.

● 마이페이스.

● 하지만 초콜릿 기획만큼은 정열을 불태우는 외계 지적생명체.

……진짜 싫은 놈일세.

토모요가 거짓말을 한 게 아니었다는 걸 확인하게 되어 그나마 다행이라는 생각도 들었다.

나는 구내식당으로 내려가 혼자 카레라이스를 먹었다. 외계 지적생명체는 결코 동료들과 어울리지 않는다.

잔뜩 분위기를 잡고 식사를 하고 있는데 총무부 키시야(岸谷) 여사가 테이블 맞은편에 앉더니 명찰을 내밀었다.

"명찰."

그리고 예민하게 은테안경을 슥 밀어 올렸다.

아무리 봐도 나이를 가늠할 수 없는 키시야 여사님이다. 이참에 몇 살인지 대놓고 물어볼까?

"네……?"

"저번에 쓰던 명찰이 없어졌으니 백 개쯤 주문해 달라고 나한테 와서 행패 부렸던 거 잊었어요?"

물론 잊었다.

나는 주춤주춤 명찰을 집어 들었다.

'기획부 외계 지적생명체'라고 쓰여 있었다.

이 회사 사람들이 원래 이렇게 하해와 같은 포용력의 소유자들이었던가? 어떻게 이런 명찰까지 다 만들어주느냔 말이다!

"어쨌거나 환영해요. 다시 돌아온 외계 지적생명체."

키시야 여사가 묘하게 살벌한 미소를 남기고 사라지자 그

뒤로 요키코 양이 나타나 그 자리를 메웠다.

들키지 않게 되도록 냉정하게, 되도록 오만방자하게 굴어야 한다고 나는 속으로 백 번쯤 주문을 외웠다.

쳇, 그런 건 누워서 떡먹기다. 그냥 무시해 버리면 되니까.

"뭐야?"

"저번의 키리노 집, 어땠어?"

네놈이 빌어먹을 어둠의 주모자였구나…….

"어제 토모요가 찔찔 짜면서 집에 왔던데, 걔한테 무슨 짓 한 거야?"

쿨하게 반응하지 않으려고 했는데, 멈칫 숟가락을 정지하고 말았다.

토모요가…… 울었다고……?

일단 외계 지적생명체 흉내를 계속했다.

"별로."

"진지하게 묻는 건데, 진짜 토모요에 대해 기억 안 나?"

외계 지적생명체였을 때의 난 토모요를 기억하지 못했다고 한다.

"기억하든 못하든 그게 뭐 중요한가?"

토모요한테는 그게 중요한 모양이다.

여자란 존재는 참으로 성가시다.

그러고 보면 외계 지적생명체는 내 속에 존재하는 순수한 토무 그 자체가 아니었던가 싶다.

사회생활을 한답시고, 연애를 한답시고, 시종일관 남의 눈치만 보고 살아가던 내 안에서 순수한 토무가 그 모든 굴레를 벗어던질 순간을 고대하며 기회를 엿보고 있었던 것이다.

그러다가 내가 정신줄을 놓은 순간, 외계 지적생명체라는 유치찬란한 이름으로 등장한 게 아닐까.

그렇다면 그 녀석이야말로 진정한 자아, 진짜 토무인 셈이다.

그래서였나?

그래서 토모요는 불안했던 걸까? 내 본심 속에 자신이 없는 것 같아서?

"솔직히 말해서 그건 잠꼬대한 걸 가지고 따지는 거랑 마찬가지 아냐? 그런 걸 가지고 따지면 안 되지."

"호오~ 너 말 한번 잘한다?"

이크크. 나는 지금 외계지적생명체외계지적생명체외계지적생명체.

"신경 꺼. 외계 지적생명체가 장난 좀 친 거니까."

"너 되게 이상하다? 약 먹었냐? 아, 참 요즘 약 먹고 있댔지. 그래, 밥 먹고 약 꼭 챙겨먹어라."

약을 먹을 만큼 중증이었나, 내가? 근데 약 같은 거 없던데.

"토모요가 짐 챙기러 간다던데, 진짜 괜찮겠어?"

짐을?

"에휴, 너한테 말해본들 뭐하리요. 이 얘기는 마리야한테 해야 하는 건데."

"그 얘기인즉……."

"일시 대피가 아니라 진심으로 나올 기세더라고!!"

그러고 보니 큰소리 빵빵 쳤었지. 헤어지자고. 바람 핀 상대랑 잘 먹고 잘 살라고.

잠깐, 그러고 보니 그 상대가…… 나네?

"회사도 그만둬야겠다고 그러던데. 마리야도 아닌 너랑 마주치면, 알지? 넌 무섭게 솔직해서 당장 자빠뜨려서 제 욕심 다 채우잖아."

당장 자빠뜨려?! 이런 부러운 자식!

"그, 그렇게까지는 아닌데."

"아니긴 뭐가 아니야. 내가 너의 마우스 테크닉을 다 아는구만. 기억나지? 계곡 비교분석. 아, 그립다."

그것도 사실이었구나……. 으아아아…… 대체 무슨 짓을 하고 다닌 거냐, 토무 본능 버전…….

"외계 지적생명체 군."

요코코 양이 은근한 눈으로 나를 노려본다.

"내 부탁 하나 들어줄래? 아니, 꼭 들어줘야 해."

막 강요한다.

"오늘 밤에 토모요가 짐 챙기러 간다고 그랬거든."

오늘……? 이렇게 빨리? 토모요가 그렇게 액션의 아이콘

이었던가?

"건드리지 말고 고이 돌려보내. 알았지?"

나는 요키코가 저렇게 진지한 표정도 지을 줄 안다는 걸 처음 알았다.

"토모요가 고민이 많단 말이야. 너야 그러거나 말거나 내알 바 아니다 싶을 거고, 마리야의 얼굴과 몸으로 덤비면 나름 기뻐할지도 모르겠다만……. 네 마음속엔 그 애가 없잖아. 나는 몰라도 토모요한테는 그러면 안 될 것 같아."

요키코가 단단히 충고를 남기고 떠난 뒤, 난 복잡한 마음으로 식사를 마쳤다.

퇴근한 다음에도 그 기분은 전혀 풀리지 않았다.

요키코가 남자 관계에 있어서 매우 자유분방하다는 것은 알고 있다. 가끔은 그런 녀석이 토모요의 친구라는 게 신기할 정도였다.

하지만 한 가지 분명한 건, 그녀는 토모요를 진심으로 걱정하고 있다는 것.

오늘도 마찬가지였다. 절대 말을 들어먹지 않을 외계 지적 생명체에게 그렇게나 으르렁대고 돌아갈 정도였으니, 그녀가 얼마나 친구를 걱정하고 있는지 잘 와 닿았다.

나는 거울을 보았다.

또 한 사람의 내가 그 안에 있었다.

"외계 지적생명체…… 너, 정말 토모요를 잊었던 거야?"

내게 물어보았다.

"마음속에 없다는 요키코의 말…… 사실이냐……?"

딩동.

차임벨이 울렸다.

나란 남자는 원래 포기가 느리다.

바람핀 상대가 나라는 걸 알자마자 토모요에 대한 애증이 오롯이 애정으로 돌아온 걸 보면 입이 열 개라도 부정하지 못하겠다.

다른 남자는 없었다.

그거면 충분했다.

토모요가 안고 있는 불안을 날려 버릴 방법을 생각해 냈다.

외계 지적생명체, 즉 순수한 토무인 내가 그녀를 기억해 내면 되는 거다.

그래서 난 외계 지적생명체인 척하기로 했다.

— 토모요 —

"내 친구긴 하지만, 넌 정말 귀찮은 여자야."

요키코에게 그런 말을 들었다.

이어서,

"기억하든 못하든, 어차피 그냥 지껄이는 소리잖아!! 그게 더 못 믿겠다. 그보다 계곡 비교분석이 난 더 감동스럽더구만."

이라나.

"말론 아니라고 해도, 너를 기억하고 있다는 거잖아. 몸은 의외로 정직한 법이야.

그래도 난 요키코와는 달리 섬세한 여자다.

때로는 말이 필요할 때가 있다.

기억은 잃었지만 사랑하는 내 여자의 이름은 기억납니다!

그런 걸 기대하는 게 뭐가 나쁘지?

토무와 함께 살던 아파트에 도착해 벨을 누르자,

"왜 이제 와."

라는 소리와 함께 문이 벌컥 열리더니 팔이 쑥 나와 나를 붙들어 소파에 내동댕이쳤다.

"아, 아야……."

앞머리가 사르륵 흘러내려 뺨에 닿았다.

"나 짐……."

짐 가지러 왔다고 할 참이었는데 말이 막혔다.

"아야……."

그가 내 아랫입술을 깨문 것이다.

"그건 네 사정이고."

깨문 내 아랫입술을 그가 혀로 살짝 핥았다.

"아……!"

그가 손가락으로 나의 쇄골을 더듬었다.

"이러려고 온 게 아니라……."

"나는 이러고 싶은데."

몸을 일으키려는데 그가 내 어깨를 붙잡아 밀고는 블라우스 위에서 젖꼭지를 찾아 깨물었다.

"헉……!"

힘이 빠지면서 무릎이 소파 아래로 툭 떨어졌다. 그 기세에 이끌려 상체까지 소파 밑으로 끌려 내려간 나는 넋 나간 얼굴로 그를 올려다보았다.

"진짜 외계…… 지적생명체……?"

"그런데?"

즉답이었다. 나는 그를 물끄러미 쳐다보았다. 빤히, 지그시. 눈 깊은 곳까지, 그를 빨아들일 것처럼 그를 응시했다.

그러다가…….

웃음을 터뜨릴 뻔했다.

웃으면 안 되는데, 웃으면 안 되는데!

하지만…… 하지만……

토무가, 토무가 저렇게 최선을 다해……

외계 지적생명체인 척하고 있지 않은가!

회사에서 요키코 왈.

「또 돌아온 거 같더라.」

그 말을 들었을 때는 기쁜 것도 같고 무서운 것도 같고 슬픈 것도 같은 다양한 기분들이 복잡하게 뒤섞였었다. 그렇게 걱정과 설렘이 가득한 마음으로 벨을 누른 건데…….

아무튼 웃으면 안 된다.

보아하니 토무는 자기가 안 들킨 줄 알고 있다. 정말이지 남자들이란 단순하고 둔감하고 애 같다.

어제 느꼈던 갑갑함과 분노는 일단 접어두기로 하고 오늘은 그대가 원하는 대로 속아주는 척하자.

그나저나 궁금하긴 하다. 토무는 외계 지적생명체인 척하면서 뭘 하려는 걸까?

"뭘 하려고?"

"섹스."

블라우스 단추 하나가 풀렸다.

토무. 정보 수집을 제대로 안 했구나. 외계 지적생명체 토무는 이럴 때 딱 한 마디만 해.

「벗어.」

라고.

하긴, 잔 여자가 나밖에 없으니 정보 수집할 곳이 없기는 하다.

"어머, 싫어."

나는 토무의 손을 뿌리치며 그의 표정을 살폈다.

자, 이제 어쩔래?

외계 지적생명체를 연기하는 토무는 쉽사리 단념하며 맞은편 소파로 가서 앉았다.

"싫으면 안 할게."

그리고 짐짓 여유로운 얼굴로 내게 말했다.

"난 안 해도 상관없는데……."

토무는 자신의 와이셔츠 단추를 풀었다.

"나 말고 네가 하고 싶어 하는 거 같아서."

가슴 근육이 얼핏 보였다. 나는 잠시 멍하니 그의 몸을 훔쳐보았다.

다정한 토무. 나를 잊은 막돼먹은 외계 지적생명체 토무. 그리고 심술궂고 차가운 토무.

그 모든 토무와 또 다른 새로운 토무가 탄생했다.

저렇게 다양한 모습을 가진 그를 지금까지 발견하지 못했다는 사실이 아쉽고, 또 미안했다.

섹스가 하고 싶어서라기보다 그의 눈을 들여다보고 싶은 마음에 나는 그의 옆으로 자리를 옮겼다.

"이거 봐, 이렇게 바로 반응하잖아."

"그런 거 아니야."

그의 눈동자 안에는 내가 모르는 또 다른 토무가 숨어 있을지도 모른다.

그렇게 생각하자 토무의 눈에 보이는 나는 지금의 나 한 사람일 뿐일까 하는 의문이 들었다.

어라……?

내가 왜 이렇게 숨을 헐떡이지……?

으음……? 이거 혹시……?

토무도 헐떡이는 듯……?

"왜 그렇게 날 뚫어지게 봐?"

자잘하게 숨을 헐떡이며 토무가 손가락으로 내 귀를 따라 내려갔다. 귓불에서 목덜미를 따라 천천히 쓸어내리던 그의 손끝이 쇄골 위에서 불규칙적으로 고동치는 맥박 위에서 멈추었다.

"후……."

그의 손이 앞섶이 벌어진 블라우스 사이로 스며들었다.

"음……."

가만가만 움직이는 손가락이 브래지어 속에 수줍게 감춰진 유두를 찾아냈다.

"하고 싶어 하는 얼굴이야."

젖꼭지에 손가락이 닿았다.

"읍……!"

무심코 몸에 힘을 주자 소파를 잡은 손에도 힘이 들어갔다. 토무의 손가락이 블라우스를 움켜쥐었다.

"안 돼."

그는 갑갑하게 단추를 하나하나 푸는 게 아니라, 블라우스를 잡고 거칠게 찢어버렸다.

"토무."

단추가 뜯어져 바닥에 떨어졌다. 나는 다소 놀라서 소파 등받이 쪽으로 몸을 홱 돌렸다.

"앗!"

그런데 그보다 빨리 토무가 치마를 걷어 올리고 스타킹을 틀어쥐었다.

"이러지 마! 이러면 안 돼! 이건……."

한 켤레에 이천팔백 엔이나 하는 명품 스타킹이란 말이야!

이 상황에서 격 떨어지게 그런 소리를 할 수는 없는지라 대신 이렇게 말했다.

"이러지 마…… 외계 지적생명체……."

"싫은데. 너도 바라는 거잖아."

차갑게 받아치는 토무.

토무…….

설마, 혹시 이건……

외계 지적생명체 플레이……?

16화
둘만의 암호

─ 토무 ─

에, 그, 일단……
외계 지적생명체는……
이런 느낌으로다가……
맞지? 맞지?

난 지금 외계 생명체니까 테크닉은 물론, 토모요한테 막해야 해, 막! 아우, 이럴 줄 알았으면 야동이라도 봐두는 건데. 그랬으면 분위기도 그렇고 야성적인 행동이나 테크닉도 얼추 배웠을 거 아니냐고! 아냐, 아냐. 난 그런 거 보는 거 싫어. 아니지, 의외로 흥분이 될지도 모르잖아! 어떡하지, 내가 점점 변태로 변태하고 있어!

우선 호흡. 들이쉬고 내쉬고. 침착해야 한다. 어쨌든 토모요한테 안 들킨 거 같으니까 이대로 외계 지적생명체로 가는 거야.

토모요는 찢어진 블라우스를 여며 가슴을 감추고 치마가 위로 돌돌 말려 올라간 채 요조숙녀처럼 앉아서 나를 올려다보고 있었다.

토무 주니어가 잠에서 깼다.

때려죽일 외계 지적생명체 자식. 넌 진짜 복 받은 놈이구나.

토모요는 훤히 드러난 허벅지를 감추려고 치맛자락을 내렸다.

"왜 이래?"

잽싸게 그녀의 손을 잡았다.

"……어?"

"왜 감추냐고. 그럴 필요 없잖아. 이제 와서 새삼스레."

"짐 챙겨서 나갈 거야."

"지금 중요한 게 그거야? 아닐 텐데? 우리 둘 다 원하는 걸 하자고."

일부러 세게 말해보았다.

토모요의 손가락이 가볍게 움직였다. 오우, 진심이야? 진짜 벗는 거야?

사라락. 치마가 바닥에 떨어졌다.

어제 회의실에서도 그러더니, 토모요가 원래 저항을 잘 안하나?

아니면 나도 모르는 사이 외계 지적생명체한테 무슨 훈련이라도 받은 거?

"블라우스는? 브래지어는? 필요해? 필요 없지?"

사라락. 사라락. 그것들이 차례차례 바닥에 떨어졌다. 토모요의 백옥 같은 하얀 살결이 고스란히 드러났다.

토무 주니어가 기지개를 켠다.

"아래는 그대로."

"어?"

나는 스타킹을 잡아당겼다. 세탁할 때는 반드시 망에 고이 넣어달라고 수차례 부탁했던 고급 스타킹을 보란 듯이 쭉 찢어버렸다.

"찢어진 스타킹은 그대로 입고 있어."

찢어진 스타킹 사이로 속옷이 보였고 나는 그 끝에 손가락을 걸었다.

"토무, 뭐 하는 거야. 하지 마…… 외계 지적생명체 토무!"

팬티를 옆으로 슥 밀어놓고 그 안을 들여다보니,

"벌써 젖었어……."

나는 무릎을 꿇고 앉아 토모요의 가랑이 사이에 얼굴을 묻었다.

"하, 하지 마! 이렇게 갑자기 입을 대면! 외계 지적생명체!"

스타킹도 팬티도 그대로 두고 나는 가랑이 사이의 갈라진 틈에 혀를 댔다.

"하아, 아아아!"

최고다. 정말정말정말 최고다. 이런 걸 다 해보다니. 나는 혀를 얇게 펴서 주르륵 흘러넘치는 샘물을 떠올렸다.

"그만, 외계 지적생명체."

그녀의 말대로 나는 입을 떼었다.

"아, 여기가 아니었나?"

이번엔 손가락으로 그 틈을 벌리고 도로라니 부풀어 오른 작은 알을 드러냈다.

"여기를 핥아달라고?"

"그런 게 아니라…… 외계 지적생명체."

나는 크게 입을 벌리고 그녀의 음부를 한껏 담았다.

"하악, 하아아아!"

입안에 달콤쌉쌀한 토모요의 맛이 향기롭게 번졌다. 마치 초콜릿처럼,

토모요는 달콤하다.

내 양손이 그녀의 가슴을 찾고 있다.

살결을 원하고 있다.

쾌감을 갈구하고 있다.

내 몸의 세포가 당신을 원하고 있어.

기억을 잃었던 내가 진정 당신을 잊었던 걸까…….

"좋아해……."

자연스레 그 말이 나왔다.

섹스할 때 무언가 해야 한다는 생각에 사로잡혀 있었던 그때 남발했던 '좋아해' 라는 말은 그저 정해진 멘트에 불과했다.

그러나 지금은 온전히 진심이었다.

"좋아해."

또.

토모요가 움찔, 반응을 보이며 나를 쳐다보았다.

"……외계 지적생명체 토무가?"

"외계 지적생명체 토무가."

"내가 생각났어?"

"아니."

"그런데?"

"다시 좋아졌어."

진심이었다.

토모요가 사랑을 나눌 때 그렇게 사랑스러운 표정을 짓는 줄 몰랐다.

내가 외계 지적생명체와 만날 일은 해가 서쪽에서 솟는 일만큼이나 불가능한 일이지만, 그래서 그의 속마음을 들여다보는 것도 불가능하지만,

그 녀석도 당신과 함께 있으면 반드시 당신을 좋아하게 될 거야. 왜냐면 그 녀석은 다름 아닌 나니까.

이거 참 신기한 느낌이다.

머리와 몸과 마음이 모두 완전하게 연결되는 듯한 느낌.

섹스란 남자의 성기를 여자의 성기 안에 넣는 행위가 아니라,

"좋아해."

진심을 몸에 담아 상대의 몸으로 전하는 사랑의 행위가 아닐까.

"그래도…… 안 돼."

토모요가 입술을 깨물었다.

"뭐가?"

그녀는 수줍은 얼굴로 가슴을 애써 가리며 대답했다.

"난 좋아하는 사람 따로 있어."

물기 어린 눈이 나를 가만히 바라보았다.

토무 주니어가 뜀박질 준비를 시작했다.

"……상관없어."

토무 주니어가 제자리 뛰기를 한다.

"그런 거 난 상관없어."

토모요의 발목을 잡고 양옆으로 벌렸다.

"안 돼……."

"안 될 거 없어."

"그게 아니라……."

토모요를 보며 튀어 나갈 준비를 끝낸 내 소중한 토무 주니어. 역대 최고기록을 낼 기세로 강력한 기운을 발산하고 있다.

"너무 커져서…… 잘 안 들어갈 거 같아……."

나는 토모요의 말을 무시하고 드디어 그녀의 안으로 들어갔다.

외계 지적생명체인 척하면서 이런 짓 해서 미안. 그런데, 그런데…….

섹스가…… 이렇게 황홀한 거였나.

그날 밤 우리는 두 사람이 쏟아내는 빗줄기 속에서 총 네 번의 절정을 맞이했다.

다음 날.

눈을 뜨고 몸을 일으키려니 온몸이 뻐근했다.

그래도 영혼을 쏟아부어 토모요를 사랑해 준 간밤의 기억이 떠올라 나 자신이 대견하면서 뿌듯해졌다.

밤새도록 격한 운동을 한 탓에―심지어 야동에도 안 나오는 신통방통한 체위까지 시연한 덕에 우둑거리는 관절을 수습해 몸을 일으키던 나는,

"자, 이제 외계 지적생명체를 연기한 감상을 말해봐."

토모요의 입에서 튀어나온 그 말 한 마디에 한겨울의 석상처럼 새하얗게 얼어붙고 말았다.

— 토모요 —

"원래 남녀가 한 지붕 아래에서 살다 보면 이런저런 문제가 발생하기 마련입니다. 남자에게는 사냥에 대한 본능이 남아 있고 집은 몸과 마음을 쉬게 해주는 장소예요. 그런 곳에서 욕구를 분출하는 것 자체가 사실 어려운 요구인 셈이죠. 세상을 한번 돌아보세요. 섹스리스 커플 증가일로에 있는 현실을. 그래서 여러모로 대응책이 필요한 겁니다. 이것이 원만한 남녀생활의 비결이죠."

기획회의에서 토무가 열정적으로 프레젠테이션을 진행하고 있다.

"그런 시대상을 감안해 고안한 획기적인 초콜릿을 여러분께 소개합니다."

대형 프로젝터에 달달한 밤 생활을 위한 초콜릿 영상이 위풍당당하게 등장했다.

그 위에 두두둥 떠오른 문자.

〈LOVE&SEX 초콜릿〉

회의실을 가득 채운 중역들이 망연자실한 얼굴로 입을 벌렸다.

유구무언이다.

그래도 토무는 뭐가 좋은지 싱글벙글 웃음을 잃지 않으며 설명을 이어 나갔다.

"인형 모양을 한 이 초콜릿을 보십시오. 오른쪽에 설명이 있습니다. 간호사, 여성경찰, 여고생, 비서, 미망인 인형으로 먼저 준비해 보았습니다. 이 인형들을 이렇게 테이블 위에 올려놓아 자신의 욕망을 표현하는 것이 이 초콜릿의 사용법입니다."

"마, 마리야 씨……."

"말씀하십시오, 사장님."

"그건…… 그건 좀…… 그러니까……."

침대 위에서는 애기같이 군다는 사장이 말을 더듬는 모습을 보니 슬금슬금 웃음이 나왔다. 요키코도 웃음을 참느라 입술을 꽉 깨물었다.

"남성을 위한 초콜릿도 준비했습니다."

토무의 설명은 계속되었다.

"오른쪽부터 교수, 소방관, 기둥서방, 아들, 빚쟁이 등으로 준비했습니다."

"마, 마, 마리야 씨!"

"말씀하십시오, 사장님!"

"그게 대체 뭔가?"

"네. 이건 평범한 일상에 자극을 주자는 뜻으로."

"그래, 무슨 말인지는 알겠네만……."

"네."

"왜 굳이 그런 게 필요하지? 그냥 말로 하면 되잖아……?"

그런 사장을, 건방지게도 매우 한심하다는 눈길로 쳐다보며 토무가 말했다.

"사장님…… 그게 어려우니까 요즘 젊은이들이 끙끙 앓다가 결국 아름다운 성생활에 안녕을 고하는 거 아닙니까."

점심시간. 탕비실에서 요키코가 까무러칠 것처럼 웃어댔다.

"사장님은 당연히 모르실 거야. 그 아저씨가 워낙 남부럽지 않은 절륜남이거든."

별로 듣고 싶지 않은 정보를 흘리는 요키코. 조신한 나는 그 말은 한 귀에서 한 귀로 흘려 넘긴다.

"솔직히 말하면 나도 잘 모르겠어. 한 번 하자, 어떻게 할까? 하고 물으면 뭐 해? 어차피 이 초면 끝날 것을."

요키코는 특별 케이스니까 패스.

우리는 웃음을 그치지 못하고 깔깔댔다.

그러다 문득 요키코가 묘한 눈매를 그리며 물어왔다.

"외계 지적생명체 플레이는 재밌었어?"

그날 아침.
토무는 완전 얼이 나갔다.
"아…… 알았…… 어……?"
그 얼굴이 어찌나 귀엽고 사랑스럽던지 지금까지 날 애태웠던 기억은 흔적도 없이 사라져 버렸다.
"그, 그러고 보니…… 이상하게 계속 외계 지적생명체라고 중얼거리더라……."
"토무가 하도 연기에 열중하니까 도와준 거지."
찬물을 끼얹을 수는 없지 않겠어?
"눈치챘으면 말을 했었어야지……. 그것도 모르고 난 바보처럼……."
토무는 불쌍한 강아지처럼 낑낑대며 이불을 뒤집어쓰더니 몸을 웅크렸다. 애처롭게 이불을 돌돌 마는 어린 양.
나는 지적생명체에서 어린 양으로 변한 토무를 꼭 끌어안았다.
"내가 한 말 때문에 그런 거지?"
토무가 기억을 잃었을 때 왜 나는 기억 못하면서 초콜릿은 그렇게 생생하게 기억하느냐고 물었다.
"그래서 외계 지적생명체인 척해서 나한테 좋아한다고 말해준 거 아냐?"

침대매트의 스프링 사이로 파고들 것처럼 몸을 웅크린 어린 양이 고개를 끄덕였다.

이불 틈으로 토무의 눈이 보였다.

아, 또 다른 토무가 탄생했다.

"토무. 혹시 어렸을 때 화가 나거나 속상한 일이 있으면 이렇게 숨어 있지 않았어?"

"……어떻게 알았어?"

보면 알지. 토무에 대해서라면 이제 모르는 게 없을 거 같거든.

"어제 보니까…… 요키코도 그렇고 기획부 직원들도 그렇고 사장님까지 다 속던데……."

나는 안 속아.

"토무."

나는 이불 속으로 고개를 들이밀고 속삭였다.

"사랑해."

들릴 듯 말 듯, 아주 작은 음성으로 속삭였다.

"토무가 어떤 모습이든 모두 다 사랑해."

나도 토무도 너무 오래도록 허세를 부린 거 같다.

혹시라도 상대에게 미움이라도 받을까 봐 주춤거리기만 했다.

"토무가 아무리 쌀쌀맞게 굴어도 난 토무가 좋아. 아무리 야하게 굴어도 좋아. 아무리 변태같이 굴어도 좋아."

세상에서 가장 작은 목소리로 이어지는 쑥스러운 고백.

"나도⋯⋯."

토무가 나를 이불 속으로 잡아당겼다.

"토모요를 사랑해."

"초콜릿보다?"

토무가 내 목덜미에 입을 맞추었다.

"토모요를 좋아하니까 초콜릿을 좋아하는 거야."

음? 그건 무슨 논리지?

"처음 토모요랑 키스했을 때 그 맛이 났어."

맛?

"얘한테서 초콜릿 맛이 난다, 고 생각했어."

"난 초콜릿 냄새 나는 향수 써본 적 없는데."

"그게 아니야. 땀이나, 눈물이나, 토모요의 거기에서 나는 냄새도 초콜릿처럼 달콤하거든."

나한테서 그렇게 달콤한 맛이 난다고? 토무가 내 몸에 코를 비볐다.

"미안해."

"뭐가?"

"마음껏 사랑해 주지 않아서. 사실⋯⋯ 용기가 없어서⋯⋯ 하자는 말을 못했어."

"어제는 그렇게 대범하게 해놓고."

토무가 발그레해진 얼굴로 우물거렸다.

"왜?"

"또…… 하고 싶어."

"그래, 해."

"그래도 역시 부끄러우니까 우리만 아는 암호를 정하자."

"그래, 생각해 보자. 실은 나도 좀 창피하거든."

이불 속에서 토무가 내 이마에 따사롭게 입을 맞추었다.

"그렇게 됐군. 그래서 탄생한 게 LOVE&SEX 초콜릿이야?"

요키코가 담배 연기를 훅 뿜었다.

"안 먹힐 거 같아."

"그래도 괜찮아."

생긋 웃어주니, 요키코가 이건 무슨 생물이냐는 듯한 눈으로 나를 쳐다보았다.

"너희들 혹시 그거 쓸 거야? 하여간 가지가지 한다니까."

오늘 아침.

'미망인' 인형 초콜릿을 살짝 테이블 위에 올려놓고 왔다.

하지만 그건 뭐든 얘기하는 요키코한테도 비밀이다.

오후에 있을 회의 준비를 위해 나는 탕비실을 나와 복도로 나갔다.

긴 복도 끝에서 토무가 나를 향해 걸어오고 있었다.

우리는 말없이 스쳐 지나갔다.

찰나의 순간, 토무가 양복 주머니에서 초콜릿을 꺼내 한 입 깨물어 먹었다.

이것이 새로운 나와 토무의 암호다.

『정염(精炎)의 기억』완결